西南政法大学刑侦剧研究中心成果

刑侦剧研究

（第三卷）

主　编　肖　军

群众出版社
·北京·

图书在版编目（CIP）数据

刑侦剧研究. 第三卷 / 肖军主编 . -- 北京：群众出版社，2021.9
ISBN 978-7-5014-6170-7

Ⅰ.①刑… Ⅱ.①肖… Ⅲ.①电视文学剧本—文学研究—中国—当代—文集②电影文学剧本—文学研究—中国—当代—文集 Ⅳ.①I207.35-53

中国版本图书馆 CIP 数据核字（2021）第 191233 号

刑侦剧研究（第三卷）

主编 肖军

出版发行：群众出版社
地　　址：北京市丰台区方庄芳星园三区 15 号楼
邮政编码：100078
经　　销：新华书店
印　　刷：天津嘉恒印务有限公司

版　　次：2021 年 9 月第 1 版
印　　次：2021 年 9 月第 1 次
印　　张：11.25
开　　本：787 毫米×1092 毫米　1/16
字　　数：210 千字

书　　号：ISBN 978-7-5014-6170-7
定　　价：56.00 元

网　　址：www.qzcbs.com
电子邮箱：qzcbs@sohu.com

营销中心电话：010-83903991
读者服务部电话（门市）：010-83903257
警官读者俱乐部电话（网购、邮购）：010-83901775
综合分社电话：010-83901870

本社图书出现印装质量问题，由本社负责退换
版权所有　侵权必究

编 委 会

主　编：肖　军
副主编：王小海
编　委：(按姓氏拼音排序)
　　　　陈建州　黄　鹏　赖　继　李　涛
　　　　刘玉贤　师　索　万　婷　王星瀚
　　　　吴晓锋　杨　婷　郑晓均

序

　　为加快"双一流"建设，秉承错位发展、超越发展理念，西南政法大学刑事侦查学院于2018年3月26日成立了刑侦剧研究中心。本中心立足于学科融合发展，重点研究侦查学、法学、新闻学、传播学、影视学等领域的交叉问题，从而推动多学科的协同发展。为了进一步交流国内外刑侦剧最新的研究成果，探索刑侦剧在发展过程中亟待解决的理论与实践问题，本中心拟于每年公开征集论文集结出版，《刑侦剧研究》第一卷、第二卷已分别于2019年、2020年由群众出版社出版。

　　2020年4月，刑侦剧研究中心成为西南政法大学校级研究基地。同月，《刑侦剧研究》入选南京大学中国社会科学研究评价中心中文学术集刊网。为了提升《刑侦剧研究》质量和丰富程度，每卷将固定分为专家访谈、主题研讨、青年论坛、剧本创作四个板块。专家访谈主要刊登知名学者、影视演员、院线人员就刑侦剧研究、拍摄、宣传、发行等方面感想、感受的访谈录；主题研讨主要刊登高等院校教研人员，公、检、法等实务部门人员以及公司企业人员就某个主题进行研究的成果；青年论坛主要刊登研究生相关研究成果，是本刊培养人才的园地；剧本创作主要刊登刑侦剧研究中心每年剧本大赛获奖优秀成果，也接受外来剧本投稿。

　　总的来说，本集刊专门为研究刑侦剧所设，目的在于推进我国

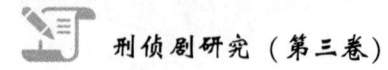

刑侦工作、刑侦影视行业的融合发展，提高观众欣赏水平，弘扬优秀警务文化。我们的目标是将刑侦剧研究中心做大做强，成为全国知名品牌。对此，我们将进一步规范《刑侦剧研究》文章及要素、内容及要求、编排与设计。恳请各位不吝赐稿！

肖 军

2021 年 7 月

目　录

专家访谈

公安题材影视剧的表演体会 …………………………………（3）
刑侦影视剧本创作心得 ……………………………………（7）
刑侦小说创作心得 …………………………………………（9）

主题研讨（一）：《绝对忠诚之国家利益》探讨

《绝对忠诚之国家利益》的"中国精神"
　　如何解读？………………………… 饶曙光　胡尔贵　肖　军（13）
涉外影视剧的中国警察影视形象塑造
　　——以《绝对忠诚之国家利益》为例 ……… 程昭凯　王雪宇（17）

主题研讨（二）：网络刑侦剧现象解析

小白船驶向何方
　　——关于《隐秘的角落》的一点思考 ………………… 邢哲夫（23）
文本与影像：网络刑侦剧的生产、加工和传播 ………… 张海超（33）

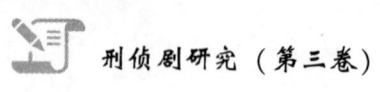

网络刑侦剧的侦查措施评析与突围路径
　　——以《非常目击》为例 ·················· 陈嘉鑫（41）
浅析网络刑侦剧设置悬念技巧
　　——以《在劫难逃》为例 ·················· 杨天航（52）
《法医秦明》第一季和《CSI：Crime Scene Investigation Season》
　　第一季叙事内容比较 ··············· 周铠明　徐吕子（65）
新模式下的香港警匪剧创作
　　——以《铁探》为例 ············ 陈湘妍　肖　祥（79）

主题研讨（三）：类型影视研究

反特片与经济社会条件
　　——以电影《黑三角》为中心 ·············· 姜　朋（89）
侦探影视中的逻辑智慧
　　——以《唐人街探案1+2》为分析蓝本 ········ 张　植（104）
《除暴》的探案实践审视及再创作建议 ············ 李建军（115）
《廉政行动》系列电视剧运用于侦查教学的实践分析 ····· 刘　莹（124）

青年论坛

写实本格派刑侦推理电影的叙事分析
　　——以《祈祷落幕时》为样本 ·············· 林　曦（137）
刑侦动漫《名侦探柯南》中的法治思想探析 ·········· 李智伟（151）
刑侦题材电影研究七十年 ······················· 田淳之（160）

专家访谈

公安题材影视剧的表演体会

访谈时间：2021年2月26日15时
访谈地点：腾讯会议平台
访谈对象：唐旭（中国内地影视男演员，毕业于中央戏剧学院表演系）
访谈主题：公安题材影视剧的表演体会

陈：唐老师，您好！我是中国警察网影视中心陈文峰。很高兴您能接受我们的采访。这几年您参演了很多公安题材的影视剧，像电视剧《破冰行动》、电影《扫黑英雄》等。所以，这次采访主要是想请您谈谈在公安题材影视剧中的表演体会。我们会将本次访谈内容收录在最新一期的《刑侦剧研究》之中。

唐：谢谢陈主任！我也很荣幸接受这次采访。今天我会从演员的角度，谈一下自己在公安题材影视剧演绎过程中的感悟。其实对于演员来讲，任何一个角色，都是要全心全力地去完成好的。我觉得公安题材的影视剧中，角色是不能脱离生活实际的，更不能脱离现实人物。公安题材是比较特殊的影视类型，不是偶像剧那样浮在空中的朦朦胧胧。公安题材，刑侦、禁毒、涉案、警匪，虽然说法不一，但是剧中的人物都是生活中的人，好人也好坏人也罢，都是活生生从现实中来的。所以在把握这些剧中的人物时，要紧紧抓住生活，只有抓住了"生活"这条命脉，表演出来的人物，才能让观众认可。作为演员，我有过很多的创作人物的经历，有轻喜剧的那种夸张并戏剧化的表演，也有历史正剧中那种有历史感的表演。唯独在公安题材的影视剧中，所有的表演方法和表现形式，都要放下，踏踏实实地沿着剧本提供的素材去完成角色，没有"花活"，没有技巧，扎扎实实地推进，扎扎实实地表演，扎扎实实地感受。这是我拍公安题材影视剧中的一点点感受。

陈：前段时间，电视剧《破冰行动》大火，您在其中饰演了公安局禁毒大队大队长蔡永强。这是不是您第一次饰演警察？在拍摄之前，对于这个角色或者剧本有什么期待？

唐：其实这不是我第一次扮演警察的角色了，以前演过法医和刑警，都是警察的形象，只是警种有些许的不同。第一次看到《破冰行动》剧本的时候，我是非常激动的，尤其是看到蔡永强这个角色的时候，真的是由心而发的喜欢，就是觉得这个角色太有深度和广度了，不是那种简单意义上的非黑即白的角色，而是有着植根于内心深处的职责，并用实际行动去践行这一神圣的职责的人，太了不起了。剧本本身给予我很大的想象空间，但在实际的操作空间里，并没有给蔡永强很大的发挥余地。这就是这个角色的魅力所在，既要有隐忍的力量，又要有破釜沉舟的勇气，还要直面毒品问题。既是冲锋陷阵的第一人，又是运筹帷幄的幕后推手。其实在接到剧本的那一刻起，我就很期待这样的警察形象被观众熟知，让普通百姓知道，有着这样一群人，在为国为民负重前行。这真的是我最大的期待了。

陈：观众一开始认为蔡队长是反派，您当时是如何理解和诠释这个角色的？

唐：观众的第一视角，当然会随着男主角李飞的视线走，这很正常。为了保护李飞，蔡永强也故意把李飞弄到了貌似自己的对立面，这其实都是蔡永强有意为之，是精心设计的。我在整个表演的过程中，没有加任何的情绪进去，因为加进任何的私人情绪进去，都会让聪明的旁观者（观众）看穿蔡永强的真实用意，看穿了蔡永强的真实用意，那这么多年的破釜沉舟不就白干了嘛。所以，在表演的过程中，尽量保持最大限度的冷静，不露痕迹。首先让对戏演员相信你，你好像是又好像不是，那才行。其实在整个拍摄的过程中，我一直也是用蔡永强的思维方式去思考问题的，怀疑一切、否定一切，把看到的、听到的所有信息打碎重组，再剥茧抽丝地提取自己需要的信息。以至于我整部戏杀青之后，还沿袭着这种思维方式到生活里，家人的提醒才让我如梦方醒，用了两个月时间，才逐渐调整过来。

陈：最近，您还主演了《我是警察之扫黑英雄》，讲的是公安局局长扫黑除恶的故事，饰演过程中，对这个角色您有什么样的感悟？

唐："我是警察"公安英模系列电影由公安部新闻宣传局、中国电影家协会联合摄制，《扫黑英雄》是这个系列的第三部。这个角色，是有原型人物的，原型人物就是"时代楷模""人民满意的公务员"、全国公安系统一级英模、福建省宁德市公安局蕉城分局原副局长杨春同志。从警28年来，他始终以铁一般的理想信念奋战在维护稳定、服务群众第一线，2019年1月23日凌晨，因常年超负荷工作，杨春突发疾病牺牲在工作岗位上，年仅49岁。越走近杨春同志的世界，我越敬畏他，从心里崇敬他，他太伟大了，但同时，他又很平凡，这就是我们现在所有公安民警的一个缩影，平凡而伟大。能扮演这样的一位英雄形象，确实是我的荣幸。杨春同志，他不仅仅是一位尽职尽责的警察，在生活当中，也都闪耀着光芒。他的故事，太多太多了，包括对下属的爱护，那更是三天三夜说不完的。我在和杨春同志家人接触的过程中了解到，他在生活中，更是用智慧来协调着家长里短的。就是这样一位尽职尽责的警察，由于工作的原因，好几次推迟自己的心脏手术，最后牺牲在工作岗位上。他是千千万万个警察的缩影，更是应该被这个民族永远铭记的英雄。我就是带着这样的一种心境，来完成这个角色的。越走近越敬畏，越敬畏越感动。这部戏杀青后，我回到房间，并没有一丝丝杀青后的喜悦，反倒是心情很复杂，感觉像一块石头压在胸口，直到最后放声大哭。这样一位尽职尽责的英雄，离开得太突然了，离开得太早了。还好，我能有机会扮演杨春同志这样的角色，让千千万万的老百姓都知道，没有什么岁月静好，只是有人在替你负重前行。

陈：您在公安题材影视剧的拍摄过程中，还有哪些心得体会可以和大家分享的？

唐：这个问题，其实两个字就可以回答了，那就是"真实"。把所见

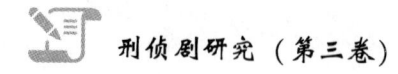

所闻，有感而发地"真实"表现出来，就可以让观众感同身受，让观众知道，和平年代，警察这个职业是牺牲人数最多的一个群体，也是在你阖家欢乐的时候，他们还在默默付出的一个岗位。只要把这些真实的感受表现出来，那就是最好的回报了。

陈：再次感谢您接受我们的采访。希望您继续塑造更多的警察形象，也希望以后还有机会再交流。

唐：好的。谢谢。

刑侦影视剧本创作心得

访谈时间： 2021 年 2 月 28 日 16 时
访谈地点： 腾讯会议平台
访谈对象： 管彦杰（中国人民公安大学涉外警务学院教师、编剧）
访谈主题： 刑侦影视剧本创作心得

肖： 管老师，您好！我是西南政法大学刑侦剧研究中心肖军。很高兴您能接受我们的采访。首先恭喜您创作的电影剧本《践行者》获得中央政法委员会嘉奖。本次采访主题是，谈谈您对刑侦影视剧本的创作心得。我们会将本次访谈内容收录在最新一期的《刑侦剧研究》之中。

管： 谢谢肖主任！我也很荣幸接受这次采访。

肖： 您创作电影剧本《践行者》，当初是基于一个什么样的想法？

管： 主要是基于"法律背后的人性"这样一个理念，或者说想法。

肖：《践行者》讲述了一个怎样的故事？会带来哪些启示？

管： 一个横跨二十六年的悬案，警察坚守曾经的信诺，最终令犯罪分子折服。我想我们人民警察不仅仅只是法律的执行者，还是人性光辉的发扬者，是正能量的传播者。

肖： 我们还留意到您最近也创作了一系列的刑侦影视剧本，包括《扫黑行动》《南里一号》《深渊行者》，这些剧本创作过程中是否也结合了很多的专业知识？您自身的专业知识是否会对剧本创作带来帮助？

管： 我本科是法学专业，当时对各种犯罪类型都有一些理论上的认识。研究生我攻读的是犯罪学专业，这个专业的选择至今令我感到满意，因为我对犯罪人、被害人、犯罪心理、犯罪行为、社会土壤等一系列问题

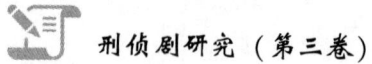

有了有机的认识，这是感性和理性认识的结合，对我后来创作影视剧本帮助很大。

肖：您觉得对于公安院校的专业教师而言，创作公安类剧本会有哪些难度？您是如何克服和解决的？

管：专业和市场的衔接，理论和娱乐的协调，这个话题说起来很复杂，也是一个时代性的、有争议的话题。

肖：在剧本创作过程中，您还有哪些心得体会可以和大家分享？

管：我算是一个比较彻底的文科生，但是现在又开始重新学习数理化，因为逻辑思维和理性直觉对于创作十分重要，仅仅依靠朴素的阅读和勤奋的写作，并不能解决方法的问题。如果说心得的话，我就是觉得，人应该尽可能给自己搭建一个较为完整的知识框架，在这个框架上你可以加血添肉，没有这个框架就成行尸走肉了。

肖：再次感谢您接受我们的采访。希望以后有机会再进一步交流。

管：好的。谢谢。

刑侦小说创作心得

访谈时间：2021 年 2 月 27 日 17 时
访谈地点：腾讯会议平台
访谈对象：艾明（西南政法大学法学院教授、博导，小说《犯罪签名》作者）
访谈主题：刑侦小说创作心得

曹：艾教授，您好！我是西南政法大学刑侦剧研究中心曹菁。很高兴您能接受我们的采访。首先恭喜您创作的小说《犯罪签名》已经全篇上网，得到了很多读者的关注和赞赏。本次采访主题是谈谈您对刑侦小说创作的心得。我们会将本次访谈内容收录在最新一期的《刑侦剧研究》之中。

艾：谢谢曹老师！我也很荣幸接受这次采访。

曹：您创作小说《犯罪签名》，当初是基于一个什么样的想法？

艾：我从事犯罪行为分析研究已有十余年，一直有个想法，想用比较通俗的方式向读者展示自己的研究成果。此外，最近几年，重庆成了网红旅游城市和悬疑推理剧的拍摄天堂，为了进一步宣介家乡，我尝试将重庆著名的景点串联起来，构思一部侦破小说。在《犯罪签名》这部小说中，读者不仅能学习到最新的犯罪行为分析知识，也能品味到重庆独特的风俗人情和景区风貌。

曹：《犯罪签名》讲述了一个怎样的故事？会带来哪些启示？

艾：《犯罪签名》这部小说主要以犯罪签名这种独特的行为为知识背景，进行双线叙事。第一条主线是欧阳骏教授运用行为分析知识为黎志强等人洗清冤屈的故事，这一故事中的案例原型大多来自近几年我国发生的冤假错案，我期望通过这条主线的讲述阐发犯罪行为分析技术在防范冤假错案中的重要作用。第二条主线是欧阳骏教授运用行为分析知识侦破王有根系列杀人案的故事，这一故事串联了重庆众多的著名景点，将侦破推理和重庆风光完美地结合在一起，我期望通过这条主线的讲述，让大家进一步领略行为分析技术的魅力，同时号召大家爱护重庆的美丽环境，也是在宣传重庆的城市文化。

曹：《犯罪签名》创作过程中是否也结合了很多的专业知识？您自身的专业知识和工作经历是否会对小说创作带来帮助？

艾：《犯罪签名》的创作结合了刑事侦查学、犯罪行为分析技术、刑事诉讼法学、刑事证据学等众多专业知识。我从事上述学科的研究已有十多年，并且有在警官学院教学工作的经历，这些专业知识和工作经历为我成功创作这部小说带来了很大的帮助，可以说，没有持之以恒地专业研究就不可能有这部小说的创作完成。

曹：您觉得作为政法院校的专业教师，创作该类小说会有哪些困难？您是如何克服和解决的？

艾：感觉最大的困难有两个：一是平时教学科研任务繁重，创作时间有限，这部小说基本上都是利用我的业余时间完成的。二是平时惯于写作论文，对于小说结构和情节的设计还比较生疏，这都需要在创作实践中摸索。

曹：下一步您还有哪些打算？

艾：一是寻找机会将《犯罪签名》影视化；二是继续创作，争取用更好的作品回报读者的厚爱。

曹：再次感谢您接受我们的采访。希望以后有机会再进一步交流。

艾：好的。谢谢。

主题研讨（一）：
《绝对忠诚之国家利益》探讨

《绝对忠诚之国家利益》的"中国精神"如何解读?

讨论人：饶曙光（中国电影评论学会会长，教授、博士生导师）
　　　　胡尔贵（西南政法大学国家安全学院院长、教授）
　　　　肖　军（西南政法大学刑侦剧研究中心主任、副教授）

　　《绝对忠诚之国家利益》作为建党 100 周年开年首部献礼片，于 2021 年 1 月 1 日起在腾讯视频独播。作为首部现代国安题材的谍战悬疑电影，该片讲述了中方援建沙朗国修建的核电站遭遇袭击，却不料其中另有隐情。为找出幕后真凶，我国安人员不畏艰险上演了一出跌宕起伏、惊心刺激的谍战故事。谨以此片向隐蔽战线的无名英雄致敬。

　　该片的上映引发了广泛关注，填补了现代国家安全类型题材电影的空缺，具有开拓意义。影片中展现的中国精神和国家安全理念，受到影视评论家、国家安全学专家等不同角度的热议和解读。

　　中国电影理论家、中国电影评论学会会长、原中国电影家协会秘书长、研究员（二级教授）、博士生导师饶曙光表示，《绝对忠诚之国家利益》讲述了国际化背景下的"谍战故事、中国故事"，是现实主义题材电影的一种新拓展。

　　故事的张力和制作精良是本片吸引大众的基本前提。从影片的创作层面来讲，严谨的创作态度不仅体现在剧作的打磨上，也体现在拍摄阶段的"制作精良"上。对细节的要求和严谨更是踏实践行、追求电影个性化表达的自我约束。从光影和摄影的掌控上来讲，艺术化的表达更是体现在了每一分钟的镜头上。呼吸感的镜头运动可能是大众最直观的体验感受，真实地营造了紧张危机感，在部分场景上的色调明暗排布，更是加持、烘托了氛围观感，让观众有很强的代入感。

此部电影也一直践行着现实主义的美学风格。故事的解读本身就是充满真实且具有张力的。越是尖锐，越需要有直击人心且接地气的表述来感染大众，无疑，这部影片做到了这一点。

一部影片的成功离不开演员对于角色人物的塑造和表演功底上的造诣。其中演员印小天在片中的表演可圈可点，可以说是硬汉形象上的成功转型突破。曾志伟在片中饰演的沙朗国安全调查局局长，虽然在角色形象上和以往相比没有太大突破，但依旧用独特的荧幕形象魅力将反派角色诠释得有血有肉。石兆琪、梁天、李学政、涓子等众多老戏骨强力助阵加盟，实力年轻演员刘长德、赵予熙、王略涛等携手演绎，正反派巅峰对决，让扑朔迷离的剧情更加引人入胜。

本片的成功是观众对主旋律大片的热情表达。作为开年第一部建党献礼片，《绝对忠诚之国家利益》是在题材和类型上都有所拓展的网络主旋律电影。影片上线首日分账票房突破210万元，抖音话题播放量4亿多次。

迄今为止，《绝对忠诚之国家利益》打破了两个纪录：一个是主旋律题材单日分账纪录，另一个是2020年国庆档后网络电影所有题材（含商业题材）首日分账纪录。近年来，主旋律大片取得了长足的发展，但也需要注意其中的两个盲点。一是过于相信有形资源和有利条件的堆叠，如盛行一时的明星策略只能作为商业运营，电影的故事内核才是关键。二是过于相信以往的成功经验，投资者和制作者只顾竞相模仿，而不注重创新，极易造成"内卷化"。《绝对忠诚之国家利益》受到观众的追捧再次说明，唯有在题材上、类型上不断地拓展和创新，才能够满足观众求新求变的需求，也才能够有效地激发观众的观影热情。在故事内核构建、叙事以及视听营造方面，《绝对忠诚之国家利益》都在努力突破"内卷化"，真正向观众诠释了自己的态度。

西南政法大学国家安全学院院长胡尔贵说，该片不仅展示了国安人员的良好形象，激起了人民群众对国家安全工作更多的关注与支持，更见证了通过影视作品对国家安全宣传教育的有效途径。作为国内首部当代国家安全题材的电影，在短时间内受到亿万观众的热捧，第一次证明了该题材的电影是可以公开拍摄的，同时也是国家安全宣传教育的有效方式。

该片树立了以"国家安全"为主题的文艺创作的"文化自信"，将引导人们更多地讲好国家安全战线上的"中国故事"。长期以来，我国在国家安全题材影片上的匮乏，造成一定程度上的"市场式微"。该片讲述了一个属于中国人自己的"英雄故事"，它有别于西方强灌的"世界特工"与"个人英雄主义"。在百年未有之大变局的背景下，随着中国日益走近世界舞台中央，讲好国家安全战线上追求平等与尊重的"中国故事"任重道远。

该片体现了总体国家安全观的精神内涵，将促进人们正确理解系统思维在构建大安全格局中的重要价值。用生动精彩的故事全面诠释传统国家安全工作的同时，还让观众充分体会到非传统安全领域风险对国家安全带来的挑战。通过加强国家安全宣传教育，引导人们自觉将每个行业、每项工作都与维护和塑造国家安全有机联系起来。

中国高校影视学会影评专委会理事、西南政法大学刑侦剧研究中心主任、重庆市高校影视人才库专家、《刑侦剧研究》主编肖军表示，《绝对忠诚之国家利益》与一般的谍战片不同，它聚焦于我国援建友邦建设核电站的基础设施这一故事背景下，从民生的角度诠释了"人类命运共同体"，更是彰显了中国精神、大国担当。

该片还弥补了类型缺失。影片通过影射我国投资的海外基础设施乃至中国人在海外的人身财产安全问题，体现了我国与沿线国家需要命运与共、携手向前，呼吁群众要有总体国家安全观，使得海外利益保护成为国家安全的重要一环。虽然谍战片频频登上荧屏，前有《潜伏》《暗算》《风声》，后有《麻雀》《隐秘而伟大》，口碑、收视双丰收，但这些无一不是对准了20世纪特殊的时代背景。该片的独特之处在于将谍战元素设置到当代我国海外援建项目中，令人耳目一新，也弥补了当代谍战片甚至是国家安全类型片的缺失。国家安全不仅仅是传统的反间防谍，而是有更

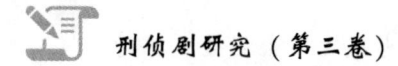

为宽泛、更为深刻的内涵,其在影视剧中的传播对普通观众更好地理解国家安全、总体国家安全观提供了媒介。

该片还彰显了中国精神。根据主权原则,中国执法主体在国外没有执法权,除非得到对方的授权,中国执法人员尊重他国主权。片中申请了双方联合执法,得到了同意,这也体现了国家之间的相互尊重。此外,该片还凸显了中国国家精神,中国帮助他国建电站是为他国广大民众的利益,而非少数几个人的利益,强大并不是欺负人,而是平等,更是尊重。

总体来说,作为一部国安题材影片,《绝对忠诚之国家利益》是成功的,是走向观众内心的。在"守正创新"的新时代,我们的影视创作除了要守住中国精神、弘扬正能量之外,还要进行类型上的创新。唯有艺术与现实的完美结合,才能打造更为丰富多元的国安题材影片,才能让中国影视走向未来、走向世界。

涉外影视剧的中国警察影视形象塑造

——以《绝对忠诚之国家利益》为例[①]

讨论人： 程昭凯（重庆市新型犯罪研究中心研究人员）

王雪宇（西南政法大学新闻传播学院传播学 2019 级硕士研究生）

《绝对忠诚之国家利益》讲述了由我国援建的沙朗国洛浦核电站在即将竣工交付之际，突然遭受不明身份者操纵的火箭弹袭击，大爆炸让核电站受损严重，并且直接瘫痪。危急关头我国紧急派出由国家安全警察组成的惊雷小组护送专家前往沙朗国，一边修复受损的核电站一边追查幕后元凶。却不料电站被袭别有隐情，随后展开了一场跌宕起伏的精彩谍战故事。在这部影片中，展现出了国家安全机关警察为维护国家利益而英勇战斗的光辉形象，并且刻画出了以李文俊、赵司默为代表的经典人物。

重庆市新型犯罪研究中心研究人员程昭凯认为，该片首次在电影中刻画出了国家安全警察形象，具有影史开拓意义。国家安全警察作为我国人民警察队伍的重要组成部分，常年战斗在隐蔽战线，受制于工作的秘密性，以往围绕国家安全警察塑造的影视作品屈指可数。该部影片填补了中国电影的类型化缺失，并且对国家安全机关人民警察的正面形象塑造发挥了积极作用。涉外题材与涉警题材的结合，展现出人民警察良好的国际形象。在现实生活中，由于近些年侵犯我国国家安全、危及我国公民人身安全及财产安全的事件时有发生，警察涉外执法已逐渐成为公安机关、国家

[①] 基金项目：2020 年重庆市研究生科研创新项目"'一带一路'视角下国际警务文化交流的路径多元化研究"（CYS20172）。

安全机关的核心工作之一。但在涉外题材的影视剧中，却很少涉及中国警察的身影，相似题材的影视作品也较为少见。而该片在一定程度上反映了这一现实情况。

该片在经典人物塑造上更加丰满。涉外影视作品中的警察人物往往要求比传统国内相关题材影视作品中的警察人物在表现上要更具有张力一些。《绝对忠诚之国家利益》中印小天饰演的李文俊，作为国家安全机关派往沙朗国的惊雷小组组长，性格沉稳机敏，有勇有谋、赤胆忠心，看似只知执行任务，私下却酷爱画画，静心养性。而女警官赵司默聪慧伶俐、锐不可当，日常出勤一身短打，简单干练，但私下出行也愿穿上高跟鞋，展露自己最美的风姿。平凡英雄不是完美无缺的，他们也有普通人的人性弱点，这样的形象让观众觉得更真实，更有生活气息。

西南政法大学新闻传播学院传播学2019级硕士研究生王雪宇则给涉外影视剧中的警察形象塑造提出了些许建议。她认为，警察是影视剧中具有职业特征和魅力的一类形象，在现代艺术创作中被赋予了"正义"的符号意义。而随着世界全球化进程的加快，涉外影视剧逐渐成为影视剧的重要组成部分，人民警察也应趁此机会展现良好的国际形象。

所以，首先，他们应主动参与涉外影视作品制作。大多数的影视创作者没有警察工作经验，甚至对于人民警察工作一无所知，对于应当树立何种警察形象没有目标。因此，公安机关应当积极参与影视作品的创作和拍摄。要加强涉警题材影视剧的审核，对其中出现的犯罪手法、暴力元素展示、刑侦技术应用等方面加以指导与把控。此外，要主动与外事部门对接，将涉外涉警题材的优秀影视作品出口国外，以此来向世界传递良好的中国警察形象。

其次，加强涉外警察影视人才的培养。要制定科学的影视人才选拔、培养、引进机制，使涉外影视作品成为宣传与塑造人民警察国际形象的重要渠道。要拓宽人才选拔渠道。在新警的入警培训工作中做好摸底调查工作，广泛掌握新入职民警的兴趣爱好等信息，发现一批具有从事影视创作工作潜质的民警；通过举办微电影大赛等活动，成立兴趣小组、组建影视创作团体等形式，从踊跃报名的民警中发现、选拔影视创作人才。

最后，要在日常涉外执法工作岗位上发掘经典人物事迹。讲故事是舆论传播的通行方法，也是形象塑造的有效办法。应当多角度地深入挖掘警察故事，将这些故事整合到影视作品的创作中去。电视剧《破冰行动》将镜头对准了缉毒民警，讲述了缉毒民警与毒品犯罪分子斗智斗勇，最后铲除制毒基地塔寨村的故事。电影《湄公河行动》则讲述了国家为保护公民合法权益，派出工作组前往金三角地区与他国警方合作抓捕真凶，为死去的受害人及其家属讨回公道的故事。这些影视作品均为人民警察队伍挖掘涉外警察故事提供了借鉴。

主题研讨（二）：网络刑侦剧现象解析

小白船驶向何方

——关于《隐秘的角落》的一点思考

邢哲夫[*]

摘要：《隐秘的角落》播出后引起了较大的社会反响。观众普遍认为其深刻揭示了人性本恶的理念。然而，剧中人物的心理/伦理起点实际上是一种朴素的正义感和善良的利他心。《隐秘的角落》并不完全是一个孩子犯罪的暗黑故事，而是一个由朴素的正义感和利他之心一步一步嬗变为为了自我保全而不得不作恶的故事；这不是天生杀人狂的故事，而是堕落的天使的故事；这不是满足人们窥视隐秘的欲望和悬疑惊悚的快感的故事，而是让人思考朴素的道德情感在没有成熟的价值理性引导的情况下是如此脆弱、如此危险的故事。暂时悬置人性恶的执念，辟开一个童话/真相的平行空间，体现了隐微/显白教诲的言说伦理，是网剧《隐秘的角落》改编不俗的地方。新时期的影视作品有一种启蒙的品质，但启蒙依然应有基本的伦理关怀。真的起点与善的目的应是统一的。

关键词：《隐秘的角落》；人性；写作伦理；隐微；教诲

《隐秘的角落》播出后，成为广大观众特别是年轻的观众热议的话题。剧中对作为青少年成长环境的校园和家庭的可贵思考、对青少年心理世界的独到探寻、对人性的严肃讨论，以及社会派推理的新颖视角、《小白船》的二重张力、《少年派》式的童话/真相结构，都为网络剧开辟了许多新的空间。

---

[*] 邢哲夫，中共惠州市委党校文化建设教研部教师。

一、《隐秘的角落》的故事逻辑

《隐秘的角落》改编自紫金陈的小说《坏小孩》。小说讲述的是成绩优秀的初中生朱朝阳遇到了从孤儿院逃出的童年玩伴丁浩(网剧中的严良)、普普。他们在一次游玩中偶然拍摄到了教师张东升杀害岳父母的过程。朱朝阳三人向张东升高额勒索。而朱朝阳又因怨恨同父异母的妹妹朱晶晶,便与丁浩、普普在少年宫对其施暴,并亲手将其推下楼杀害。朱朝阳又因怨恨父亲与养母,与张东升交换条件,让张东升帮助自己弑父。最终张东升欲毒杀三小孩灭口,丁浩、普普被毒杀,朱朝阳反杀张东升。而朱朝阳通过事先准备的日记,试图欺骗公安机关,但露出的破绽被刑侦专家抓住,是否询问一个可能的少年犯,让警察叶军陷入踌躇。原著的故事过于阴暗,网络剧《隐秘的角落》则改编成童话/真相的二元结构。在"童话"里,朱朝阳与严良共同打败了恶贯满盈的张东升,而"真相"则如小说中暗示的那样,朱朝阳通过张东升杀害严良。但由于对故事内核的改动较大,剧中也有一些看似不合逻辑的地方,引起了不少争议。朱朝阳为什么要间接地杀害严良?这或许是改编后的《隐秘的角落》里最难解释的情节。在原著《坏小孩》里,丁浩(剧中严良)和普普的出现,一开始就让朱朝阳感到麻烦:"这两个人的到来,给他带来了无穷烦恼。"[①]而朱朝阳俨然一个小恶魔,在计划杀丁浩前便想要杀死父亲朱永平及继母王瑶。而改编的网剧《隐秘的角落》里,朱朝阳和严良、普普的关系可谓温情满满。朱朝阳在学校里没有朋友且常被欺负,在家中备尝父母离异的痛苦。而严良和普普的存在,让孤独而无助的朱朝阳感受到人与人之间的一丝温暖。这份友情应该让朱朝阳珍惜不已,为何却对小伙伴起了杀心?《读书》杂志刊发王楠《太阳的秘密——解析〈隐秘的角落〉》一文解读道:"他(朱朝阳)将张东升约到船上来,让他和严良对决,想在二人两败俱伤时,自己坐收渔翁之利。张东升早已看透了朱朝阳的计划,但万念俱灰的他,决心让朱朝阳这个'好学生'活下去,活得像他一样。

[①] 紫金陈:《坏小孩》,湖南文艺出版社2014年版,第76页。

主题研讨（二）：网络刑侦剧现象解析

在船头，张东升给朱朝阳上了最后一课。他让朱朝阳杀死自己，正是要让后者亲手掩盖真相，走向光明的未来。受严良的阻拦，加上内心的犹豫，朱朝阳最终没能下手。为了让朱朝阳'可以相信童话'、重新开始，张东升选择让警察开枪来抹消自己，替朝阳掩盖了真相。这对同样身穿白衬衫的'师生'，在船头完成了交接。最终，朱朝阳也没有说出朱晶晶之死的完整事实，朝阳终于东升了。"[1] 朱朝阳是为了掩盖晶晶之死的真相，才间接杀死严良灭口。

然而，朱朝阳杀死严良，究竟是一桩蓄谋已久的罪恶，是"尝到甜头的朱朝阳，已经无法回头了"[2]，还是最初朴素正义感越走越远，直到走向反面吞噬了自己，以及想要兼顾自己和他人却最终鱼死网破、玉石俱焚？大多数观众和解读者都将焦点集中在第六集以后朱朝阳黑化和嬗变之后，却有意无意忽略了朱朝阳卷进这个故事，恰恰是由于一种对于杀死岳父母恶行的朴素的道德义愤。这种朴素正义感正是故事展开的伦理/心理起点，不管它最终走向哪里，我们都不能忽略了这一起点，否则故事的解释就不完整且会走样。

而故事开始走向对初衷的偏离，也同样是因为普普的弟弟需要治病的钱，三个孩子向张东升勒索的动机依然是善良的、利他的。普普最后的信件鼓励朱朝阳将晶晶之死的过程说出去，说明了普普和朱朝阳之间依然有着基本的信任。然而此时的朱朝阳已被恐惧包围，并且"更深地领悟了张东升的教诲：只有编织童话来掩盖真相，你和别人才有机会继续相信童话，重新开始"[3]，所以他让信任的童话让位于趋利避害的本能。普普的信，从童话的角度看是信任，但从利害的角度看，则说明普普随时可能把朱朝阳的秘密泄露给严良。就像电影《朗读者》中的女主角汉娜，虽然和男主角米夏在纳粹监狱里相爱相依，但仅仅是因为害怕米夏泄露了自己不识字的秘密，就向纳粹告发自己心爱的人。它出于一种自我保护的心理，虽然它同样造成了恶，哪怕仅仅是一种"防御型的恶"。

---

[1] 王楠：《太阳的秘密——解析〈隐秘的角落〉》，载《读书》2020 年第 9 期。
[2] 王楠：《太阳的秘密——解析〈隐秘的角落〉》，载《读书》2020 年第 9 期。
[3] 王楠：《太阳的秘密——解析〈隐秘的角落〉》，载《读书》2020 年第 9 期。

如果把网剧《隐秘的角落》的故事从头到尾进行梳理，那么这便并不完全是一个孩子犯罪的暗黑故事，而是一个由朴素的正义感和利他之心一步一步嬗变为为了自我保全而不得不作恶的故事；这不是天生杀人狂的故事，而是堕落的天使的故事；这不是满足人们窥视隐秘的欲望和悬疑惊悚的快感的故事，而是让人思考朴素的道德情感在没有成熟的价值理性引导的情况下是如此脆弱、如此危险的故事。

二、"坏小孩"的形象谱系

古希腊大哲学家苏格拉底曾考学生一个问题：世界上有没有绝对的恶？学生回答：没有。世界上怎么可能有绝对的恶呢？苏格拉底笑着说了句：你还年轻。然而，年轻而优秀的朱朝阳，就这样在不经意间被恶所捕获、所黑化。假设朱朝阳只是因为自我保全而"杀人"，那么这种防御性的恶并不是苏格拉底所说的"绝对的恶"，而是一种相对的恶。它不是本体论的恶，而是生存论的恶。因为缺乏对"绝对的恶"的高度概括性所需要的生活阅历，所以年轻的心灵对"绝对的恶"是陌生的——而相对的恶则大量存在于人们的经验世界：或许是某种自我保护欲，或许是一时的冲动和糊涂，或许是我们常见的"好心办坏事"，它根植于人性的脆弱和颠顶，或者说，它并不是一种独立的存在，而是自私、怯懦、虚荣等劣根性的附带品。

和剧中《少年派》式的双重结局相对应的，是朱朝阳"杀人"的双重动机——为自保而"杀人"，还是为报复而"杀人"，以及对此产生的双重评价——是不得已而为之的恶，还是骨子里带出的恶；是相对的恶，还是绝对的恶。《隐秘的角落》的原著《坏小孩》中有一段话："在成年人眼里，小孩子永远是简单的，即便小孩会撒谎，那谎言也是能马上戳穿的。他们根本想象不到小孩子的诡计多端，哪怕他们自己也曾当过小孩。"[①] 在作者看来，"坏小孩"与"坏大人"并没有本质的区别，它们都是人性拷问的承担者。正如有评论所指出的："《坏小孩》想表达的是

---

① 紫金陈：《坏小孩》，湖南文艺出版社2014年版，第51页。

小孩子的恶，或者更极端地讲是'人性本恶'。"① 小孩子的恶让人联想到鲁迅先生《孤独者》中著名的关于孩子本性的讨论："如果孩子中没有坏根苗，大起来怎么会有坏花朵？"② 如果放眼世界，小说及网剧也可以置于"坏小孩"的文学母题谱系中来观照。它的故事情节也让人不由联想到英国现代小说家菲尔丁的《蝇王》：在未来的第三次世界大战中，一群儿童因飞机失事被困在一座荒岛上。开始时他们团结互助、和睦相处，后来因为各种原因，"隐秘的角落"里的恶被刺激释放出来，便互相伤害起来，结果一部分孩子成为了另一部分孩子的奴隶。"坏小孩"文学试图通过原本看起来纯洁无瑕的孩子犯下令人怵目的罪恶这样的张力关系，来追问人性善恶的问题。毕竟孩子拥有的经验较少，而"人性"则是一个先验的、形而上的概念。"坏小孩"文学对人性的追问似乎已经预设了一个答案：既然"绝对的恶"并不需要太多的经验作为充分必要条件，那么坏小孩的恶就更接近先验的、形而上的"绝对的恶"。

对于"坏小孩"与"人性恶"的关系，学者凯伦·雷纳的观点非常有趣，他认为，"所有关于坏小孩或邪恶孩子的故事，都是证明了孩子不可能邪恶的故事。因为小孩总是误入歧途或被引诱堕落。坏孩子的故事是对成人世界的镜映和修补，它许诺只要消除了让孩子变得邪恶的根源，成人世界就能纯洁如初。"③ 凯伦·雷纳一方面认为孩子不可能拥有"绝对的恶"，那只是成年人的自我投射；另一方面又认为孩子的恶是可以被救赎的，只要这个世界如童话般纯粹。同样有趣的是，紫金陈的《坏小孩》中，普普在书店看到了《鬼磨坊》的故事，并引以为同道。故事讲的是流浪少年流浪到了一家鬼磨坊生活。在这里他发现了各种怪事，如好友佟达和米切尔的死。他查清了朋友的死是师父害的。于是他最终杀死了师父。这个故事其实是一个正义和智慧战胜邪恶的故事，但是在紫金陈的故事里发生了错位，变成了孩子为了自我保全不得不弑师的故事。如果说网

---

① 一溪霜月：《在隐秘的角落里，朝阳东升》，载《文艺批评》官方公众号。
② 鲁迅：《孤独者》，载《彷徨》，人民文学出版社2020年版，第106页。
③ 杨宸：《模仿的推理，看不见的小孩——〈隐秘的角落〉的翻转》，载《ARTFORUM中文网》官方公众号。

络剧的改编是童话和真相并行，那么小说里则是邪恶的现实扭曲了童话。原著里的坏小孩的救赎之路已被堵死。

坏小孩与人性恶的关系并非如原著般直接。如前所述，如果《隐秘的角落》故事的伦理/心理起点是一种朴素的正义感，即便是嬗变也首先表现为利他之心，最终才是自我保全造成的恶，那么这个故事便无法推出"坏小孩"甚至"人性恶"的结论。伦理学家纳斯鲍姆提出了"道德运气"的观念："我们无法控制的事件不仅可以影响我们的幸福、成功或者满足，甚至也可以影响我们生活中核心的伦理要素（不管这种影响是向好的方面还是向坏的方面发展）：在公共生活中，我们是否能够设法公正地行动，我们是否能够爱护和关心其他人，我们是否能够得到勇敢地行动的机会。"[①] 朱朝阳的"杀人"，究竟是"无法控制的事件"（晶晶的坠楼）造成的自保，还是黑暗的心向朋友的脆弱报复，究竟是多元因果关系网中的一个网格，还是形而上学的某种结论，或许是比《隐秘的角落》是哪一种结局更为关键的问题。

三、"童话/真相"的显隐教诲

文艺作品应该如何揭示人性、评价人性，特别是通过孩子来揭示人性，评价人性？文艺作品应该如何召唤读者或观众的人性理解？这是我们值得思考的地方。而人性是什么也从来没有标准答案。先贤对人性有各种各样的解释。孟子认为人性本善，荀子则认为"人性恶，其善者伪也"，黑格尔说："有人以为，当他说人本性是善的这句话时，是说出了一种很伟大的思想；但是他忘记了，当人们说人本性是恶的这句话时，是说出了一种更伟大得多的思想。"如果黑格尔的判断成立，"性恶论"更像是真相，而孟子为之不得已而好辩的"性善"倒像是童话了。"童话与真相，你选哪一个？"这是《隐秘的角落》留给我们的有趣问题。

《隐秘的角落》对于原著《坏小孩》的改编无疑更倾向童话的一边。原著里开宗明义的老太太碰瓷和叶驰敏陷害的故事，奠定了作品的黑暗基

[①] ［美］玛莎·纳斯鲍姆：《善的脆弱性——古希腊悲剧和哲学中的运气和伦理》，徐向东、陆萌译，译林出版社2007年版，第2-3页。

调。原著里朱朝阳并没有警告张东升的朴素正义感,没有为欣欣筹钱的善良——因为丁浩(即剧中的严良)和普普并没有患绝症的弟弟欣欣,他们敲诈仅仅是为了自己的私欲;原著中的普普对于朱晶晶也并非道德义愤,而是出于童年遭遇的怨恨;原著里朱朝阳更是暗示张东升杀死自己的生父和王瑶。可以说,原著里并没有"童话和真相"的平行空间,那是纯然暗黑的一个世界,孩子们都如同高尔基评价陀思妥耶夫斯基笔下的小孩"一张口就像沙皇的警察"。暂时悬置人性恶的执念,辟开一个童话的平行空间,给"人性是什么"一个开放性答案,是网剧《隐秘的角落》改编不俗的地方。

  古希腊哲人色诺芬说:"铭记好事而非坏事,是高贵的、正义的、虔敬的也更令人愉悦的行为。"① 文艺之所以不同于自然科学,就在于它具有价值的维度,具有隐恶扬善的功能,具有道德教化和精神净化的使命。而影视作品除了商品属性之外,更具有意识形态属性,具有塑造观众价值观的功能。如果说科学追求的是真相/真理,那么文学则更需要童话。美籍犹太裔古典学家列奥·施特劳斯认为,正因为一个社会共同体需要共同的价值观来维护其道德秩序,而真理往往是赤裸裸的、残酷的,甚至是丑恶的,所以古典哲学家在揭示真理时必须采用隐微/显白的双重教诲,亦即用表面的说辞对大多数民众说出"高贵的谎言",以维护其对共同体道德的虔敬,而仅把可能有害的真理通过字里行间的隐秘书写透露给少数同等的心灵。"每个社会最终都依赖某些特定的价值或特定的神话,亦即,依赖某些并不比其他任何假设更优越或更可取的假设。"② "(隐微/显白双重教诲)这种写作方式使他们(古典哲人)能够把自己视为真理的东西透露给少数人,而又不危及多数人对社会所依赖的各种意见所承担的绝对义务。这些哲人或科学家将区分作为真实教诲的隐微教诲与有益于社会的显白教诲;显白教诲意味着每个读者均能轻松地理解,而隐微教诲只透露

---

① [美]列奥·施特劳斯:《古典政治理性主义的重生》,郭振华、叶然译,华夏出版社 2011 年版,第 192 页。
② [美]列奥·施特劳斯:《什么是政治哲学》,李世祥等译,华夏出版社 2011 年版,第 216 页。

给那些小心谨慎且训练有素的读者——他们要经过长期且专注的学习之后才能领会。"① 世界需要真理，而共同体需要童话/神话，所以古典哲人懂得用显白教诲延续童话/神话，而用隐微教诲秘传真理。不妨设想，经历了"春秋无义战"的孟夫子为什么还相信人性本善？这会不会是孟夫子编给世人的一个童话：只有相信了性善，我们才会对"止于至善"抱有信心和期待。这种猜想并非无据，清儒戴震认为："孟子以闲先圣之道为己任，其要在言行善，使天下后世晓然于人无有不善，斯不为异说所淆惑。"② 孟子道性善，或许并不是揭示某种真理，而是在践行一种书写伦理，意在给人一种正念。正如青年学者官剑丰所说："诚然，人性是恶的这个命题并不必然推出人不能为善甚至怀疑善这个结论，但是如果没有更高的权威——如古代的圣王，西方的上帝或教会——存在，这种抽象命题在愚众那里必被理解为'人不为己，天诛地灭'这句话一样……人性是恶的，正是教化的必要性所在，然而人性是善的，教化才有可能。必要性不必多言，可能性则当力为。古人说隐恶扬善，实有大智慧在……人性是否善恶，这种抽象命题实在不重要，重要的是是否选择相信善。"③ 毕竟人性论不仅仅是自然科学，而是道德哲学甚至政治哲学，它允许且需要《理想国》里"高贵的谎言"。

而从另一个角度说，马克思认为没有抽象的、永恒的、本体论意义的人性，不同的社会现实决定了不同的人性表达。"人的本质并不是单个人所固有的抽象物。在其现实性上，它是一切社会关系的总和。"④ "18世纪流行过的一种臆想，认为自然状态是人类本性的真正状态。"⑤ "人性恶"的主张，恰恰是让人类剥离不断变化的生产、生活现实，而静止于自然状态的形而上学。"人创造环境，同样环境也创造人。"⑥ 正如许多论者看到

---

① [美] 列奥·施特劳斯：《什么是政治哲学》，李世祥等译，华夏出版社2011年版，第215页。
② （清）戴震：《孟子字义疏证》，中华书局2012年版，第129页。
③ 官剑丰：《风以动之——读〈清风明月旧襟怀〉》，载〈许石林〉公众号。
④ 《马克思恩格斯选集》第一卷，人民出版社1972年版，第18页。
⑤ 《马克思恩格斯选集》第一卷，人民出版社1956年版，第97页。
⑥ 《马克思恩格斯选集》第一卷，人民出版社1972年版，第43页。

的，朱朝阳的性格嬗变有许多环境的因素，特别是家庭的因素："周春红确实爱儿子，但那是一种吞没性的爱。对她来说，相依为命意味着'得按我的来'……在这种环境中长大的朱朝阳，内心必然是分裂的。他会按照母亲的要求去做，也以一副完美的形象示人，可自己的所思所想、所好所恶是不能抹消的。所以他只能一面迎合母亲，一面保留秘密。"[①] "朱永平是个没有原则的趋利避害者，谁更能让自己满足，他就偏向谁……即使和父亲早早分开，朝阳还是从父亲那里学到了许多……即使严良和普普的到来令他体会到了友情的温暖，在关键时刻，他也还是会冷静考虑自己的利害得失。在故事的最后，为了守住秘密，朱朝阳更是不顾一切，连严良都可以牺牲掉。"[②] 朱朝阳的双重人格并不是天生的疾病，而是家庭的压力让他过早地学会了戴上"人格面具"（荣格语），对现实环境敷衍周旋。朱朝阳的趋利避害虽然很大程度上出于本能，但是父亲的言传身教则无异于强化了这一点。所以，一些论者一方面认为《隐秘的角落》主旨是揭示人性本恶，另一方面又肯定环境对朱朝阳、张东升的扭曲，这无疑是自我矛盾的。人性可能只是一个需要设定代数的变量，解答人性方程，可能只有靠《无证之罪》里另一个严良使用的"代入法"。孟子给我们一个笛卡尔的"心形函数"，仅仅是为了在人性无常易变的矩阵里指引我们去寻找我们良心的坐标，而并不是展示给我们心脏的解剖图。而"性恶"的真相，其意义就在于鞭策我们自我克服、自我超越，"时时勤拂拭，勿使惹尘埃"。性善、性恶都是先贤对美好生活投去的不同角度的注目礼。就像《小白船》一样，它本来是一首暗黑的"阴乐"，但因为其寄托了我们对美好生活的想象和向往，所以它可以超越自身的冷气和死气，成为了脍炙人口的童谣。

从张建亚导演的儿童电影《开心哆来咪》到成人童话《隐秘的角落》，从小孩智斗坏蛋最终胜利到网上调侃的"秦昊、王景春智斗坏小孩"最终毁灭，时代在变，审美趣味也在变。日渐自由开放的社会，既让人们允许对人性的阴暗面有更多的思考，也给人性更多考验和释放的机

[①] 王楠：《太阳的秘密——解析〈隐秘的角落〉》，载《读书》2020年第9期。
[②] 王楠：《太阳的秘密——解析〈隐秘的角落〉》，载《读书》2020年第9期。

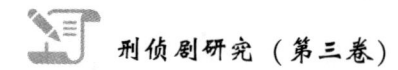

会。人们不满足于七彩斑斓的光影，而更愿意深入黑暗的核心，影视与启蒙同步进行。但启蒙不应该把脏水与孩子一起泼掉。真的起点与善的目的应是统一的。在《孤独者》中，鲁迅先生虽然对孩子本性有着恶的假设，但也借或许是自己的投射的魏连殳之口说："孩子总是好的。他们全是天真。""我以为中国的可以希望，只在这一点。"[1] 希望就在于反抗绝望之中，对人性的绝望与对人性的失望，都是无所谓有，无所谓无的。在这个意义上，《隐秘的角落》隐秘地具备了思考伦理基础、伦理实践和伦理述说的人文关怀，它为真和善开辟的平行空间非常耐人寻味。我们相信，"小白船"飘向的是美好的"云天外"，而不是阴冷的"西天"。

---

[1] 鲁迅：《孤独者》，载《彷徨》，人民文学出版社2020年版，第106页。

文本与影像：
网络刑侦剧的生产、加工和传播

张海超[*]

摘要： 作为一种特殊题材的电视剧，无论从艺术角度还是从社会角度来说，刑侦剧都具有非常鲜明且复杂的特点。在移动时代，网络刑侦剧尝试探索一种不同于电视刑侦剧的创作思路，其在恪守法律法规的基础上，对创作理念、手法和机制进行了创新，从而提高了自身的艺术水平，强化了刑侦剧的社会功能。相较于电视刑侦剧而言，网络刑侦剧尝试刻画更丰富、立体的人物形象，并运用大量的电影化叙事手段强化其戏剧效果，甚至重构电视刑侦剧在生产和传播中的各种机制，以保障其"收视率"。网络刑侦剧是讲好警察故事、讲好法律故事的有效途径之一。因此，如何总结、提炼优秀网络刑侦剧的创作经验，为今后相同类型电视剧、网络剧的创作提供参考便成了学界和业界亟待解决的问题。

关键词： 网络刑侦剧；电影化叙事；迷雾剧场

刑侦剧也称破案剧、警匪剧，主要讲述公安人员通过各种刑事侦查手段侦破刑事案件的故事。刑侦剧作为影视题材来说较为特殊，由于其题材具有涉案性质，刑侦剧可以宣扬社会主义法治、教育民众、震慑罪犯；但若把握不好尺度，也可能会产生暴露侦查手段、引起模仿型犯罪等负面效应。2004年，国家广播电影电视总局下发《关于加强涉案剧审查和播出

---

[*] 张海超，中国传媒大学新闻传播学部博士研究生。

管理的通知》①，通知中对刑侦剧的审批和播出管理提出了明确的要求：严格控制刑事涉案剧审批数量，加强对刑事涉案剧中血腥、凶杀、暴力等场面的审查和管理，涉案剧需安排在 23：00 以后播出等。此后，刑侦剧的创作热潮渐渐冷却。2012 年，随着《盘营镇警事》《湄公河大案》等剧登陆央视黄金档，刑侦剧的创作热潮又逐渐复苏。② 由于互联网影视平台的飞速发展，刑侦剧又开始进军网络平台。有关部门对早期互联网影视平台的审查较为宽松，网络刑侦剧没有受到系统地规范，也因此出现了一些违背刑侦剧创作原则的作品。直到 2017 年，五部委下发《关于支持电视剧繁荣发展若干政策的通知》③，通知中指出对网络剧和电视剧按照统一标准进行管理，对网络刑侦剧的审查才有了明确的参考。然而，虽然电视刑侦剧和网络刑侦剧的审查标准是相同的，但是由于传播媒介的不同，电视刑侦剧和网络刑侦剧的创作呈现出了不同的创作逻辑和叙事形态。

一、网络刑侦剧的文本与叙事

（一）文本的选择倾向：IP 改编

IP 剧，由 IP（Intellectual Property），即知识产权引申而来，指对已有的、具有一定粉丝数量的小说、游戏或其他作品进行二次开发的剧集。近年来火爆的网络刑侦剧大多改编、翻拍自小说，例如《心理罪》《十宗罪》《法医秦明》《余罪》《无证之罪》等。这些网络刑侦剧在拍摄之前就已经有一定数量的粉丝群体关注，原著小说的粉丝也是 IP 剧前期收视率的保障。一些系列小说也会被多次改编、翻拍成电视剧，如《法医秦明》系列、《心理罪》系列，系列小说为网络刑侦剧的创作提供了较为完整的戏剧架构体系和较为持续的流量保证。因此，相较于更倾向于改编真实案例的电视刑侦剧而言，网络刑侦剧倾向于对已有的成熟文学 IP 进行

---

① 《国家广电总局负责人就加强涉案剧播出管理答问》，https://www.chinanews.com/n/2004-05-01/26/432057.html。

② 肖军：《嬗变·规律·价值：改革开放 40 年我国刑侦剧创作回溯与传播考察》，载《电影评介》2018 年第 22 期。

③ 《〈关于支持电视剧繁荣发展若干政策的通知〉全文发布》，http://www.gov.cn/xinwen/2017-09/04/content_5222486.htm。

影视改编，这是网络刑侦剧在选题上的一大特点。选题上的倾向在很大程度上影响了网络刑侦剧的叙事，改编自文学 IP 的网络刑侦剧带有更明显的文学倾向，传统电视剧剧本的分集创作思维不再占据主导。改编自文学作品的影视作品以文字为最终呈现形态，可以表达很多影视手段较难表达的内容，如人物的心理活动、场景的细致描写等，且不受影视生产思维的限制；而为电视剧专门创作的剧本，往往会受到影视生产思维的限制，其更倾向于创作易于被影视手段表达的内容。优秀的网络刑侦剧在对文学作品进行影视改编时，通常会尽可能地还原文学作品，并着力于通过电影化手段表现人物的心理活动、场景的细致描写等，而非在剧本创作时就受限于影视生产思维。从某种程度上来说，IP 剧能否受到文学 IP 粉丝的追捧，最重要的原因就在于其能否尽可能地再现文学作品提供给粉丝的体验和想象。

（二）警察：概念、意指与现实

刑侦剧的核心概念之一就是开展刑事侦查活动的主体——警察。刑侦剧通常以"警察"作为叙事的主体。"警察"一词作为一个概念符号，有着极为丰富的内涵意义。运用罗兰·巴特的含蓄意指模型分析"警察"，则可对其所指的多个层面进行清晰的划分。[①] 在直接意指系统中，"警察"意指的是一种职业，这种职业以预防、侦查、打击违法犯罪活动为主要工作。只要提到"警察"，人们就会想到"抓坏人"，这是其能指（形象）与所指（意义）的固定关系；在含蓄意指系统，"警察"并不局限于简单的能指、所指对应关系上。直接意指系统整体作为含蓄意指系统中的能指（即含指项），其意指的是法律、正义等一系列意识形态的内涵。"警察"作为一个概念，本身就具有意指的复杂性，以其作为主要人物的电视剧中自然也具有特殊的意指关系。刑侦剧中的侦查、抓捕，并不仅仅是物质性行为的简单呈现，在含蓄意指层面分析，这些物质性的行为都是意指"正义"（与"邪恶"相对）、"法律"（与"非法"相对）、"光明"（与"黑暗"相对）。同样，刑侦剧的叙事也并非停留在一般意义上的影视叙

---

① ［法］罗兰·巴尔特：《符号学原理》，李幼蒸译，生活·读书·新知三联书店 1988 年版，第 169-171 页。

事层面，还要在各种意指实践中深入含蓄意指系统，引导观众树立对法律道德和公平正义的信仰，预防犯罪，促进社会稳定。

无论是在直接意指层面还是在含蓄意指层面，刑侦剧往往需要以"警察"作为核心概念进行叙事，而意指实践也往往在"警察"的实际工作中展开。事实上，警察工作之外的生活也是开展意指实践的重要组成部分，但纵观内地刑侦题材的电视剧，很少给予警察工作之外的生活以足够的关注。反观网络刑侦剧，除了将警察侦破案件过程作为主线之外，还会设置其他的故事线讲述警察在工作之外的生活。警察在剧中不再仅是严肃刻板的形象，还会涉及婚姻、买房、子女教育等"有温度"的话题。与其说网络刑侦剧赋予警察普通人的形象，不如说其将警察还原成普通人。当下网络刑侦剧中的警察形象以一种更为现实、更为立体的形式被展现出来。网络刑侦剧《无证之罪》中的刑警严良在抓罪犯的时候是英勇无畏的人民警察，但是在生活中却也被婚姻等问题所困扰。工作中的刑警形象和生活中的"丈夫""父亲"共同塑造了严良作为一个刑警所具有的丰富饱满的人物形象；《白夜追凶》中的刘长永既是一个有能力但爱打官腔的刑警支队副队长，也是一个因婚姻问题被女儿记恨但又深爱着女儿的父亲，两个身份深度融合，共同刻画出了一个作为父亲的警察形象。网络刑侦剧尝试对警察——这个被赋予特殊意义的形象进行职业之外的性格刻画，打造饱满、立体、鲜活的人物形象。在此，作为意指概念的"警察"与现实深度结合。

在创作时，早期警察的形象往往都是正面的模式化塑造，但是近些年来刑侦、政法剧中也开始允许警察队伍中出现反面角色，例如，《无证之罪》中的原公安著名法医骆闻竟然是"雪人案"的凶手。在把握好立场原则导向的前提下，适当地揭露警察队伍中少部分的违法违纪人员，既容易让观众对剧情产生认同，也有利于落实从严治警，向观众表达国家坚持全面从严治警的态度和决心。

网络刑侦剧在人物创作理念上进行了大胆创新，重视对警察形象的多元塑造：在个体层面，强调对警察形象进行多维度的刻画；在群体层面，也开始尝试塑造极个别的反派警察。多元的人物塑造拉近了观众和警察的距离，令观众认同刑侦剧中的警察形象，进而认同网络刑侦剧的故事内核。

二、网络刑侦剧视觉加工的两种思路

（一）电影化的视觉叙事

近年来，网络刑侦剧叙事的"电影化"倾向越来越明显。网络刑侦剧尝试用电影的叙事和造型手段进行创作，如大量使用人物面部表情的特写镜头、高频率使用空镜头等，这些电影手段的运用极大地增强了网络刑侦剧的视觉表现力。网络刑侦剧为了"电影化"而做出的尝试既是电视剧创作思维的转变，也是审美日益提高的市场受众的要求。

不同的媒介具有不同的特点，不同的媒介文本自然也具有不同的媒介形态。一般来说，电影需要在有限的时间内尽可能地用风格化的手段完成叙事和造型任务，所以其在手法上倾向于对故事进行更夸张、更具艺术性和表现性的处理；而电视剧的篇幅较长，并不一定要采取非常紧凑的叙事节奏，其使用的艺术手法旨在保证剧集在宏观叙事上的饱满和连续，而非艺术手法本身的风格化。然而，现在的网络刑侦剧普遍呈现出电影化的视觉制作倾向。例如，《无证之罪》中使用了大量的手持摇晃镜头以营造真实、紧张的氛围；使用了大量的面部特写镜头以表现人物面部细微的神态变化……这些电影化的表现手段在传统电视剧中并不常见，但是近年来却被刑侦剧大量使用。大量电影叙事和造型手段的运用标志着刑侦剧不再拘泥于"讲述"或"记录"案件侦破过程，还要营造紧张、悬疑的氛围，给观众提供新奇、震撼的情感与视觉体验，使观众能紧跟刑侦剧的叙事节奏，更好地融入故事情境，而非作为布莱希特意义上被"间离"（Defamiliarization）的旁观者。由于题材的特殊性，刑侦剧也的确需要营造紧张、悬疑的氛围以保证其戏剧效果，如果刑侦剧无法引起观众对案情的好奇和破案过程的紧张，那么就很难说这部刑侦剧在创作上是成功的。

（二）特殊场景的取舍与处理

由于刑侦剧题材本身的特点，在拍摄中会涉及一些血腥、暴力的特殊场景，例如法医验尸、凶杀现场等。由于电视媒介的节目安排和观众特点，这些画面并不适合呈现在电视媒介上，但是网络刑侦剧通常会根据剧情的需要，适当地通过一些画面真实再现案件侦破的过程。当然，无论是在电视媒介上播放，还是在网络媒介上播放，以暴力、血腥的视觉冲击为导向的刑侦剧创作都是不可取的，但是在合法合规的前提下，如何通过适当的场景表现侦破案件过程中危急、凶险的情节，对于刑侦剧的创作而言是非常重要的。相对于电视刑侦剧选择直接避开这些场景而言，网络刑侦剧尝试通过对角度、景深的处理，在表现这些特殊场景的同时，降低这些场景的"不良影响"。换句话说，就是通过展现局部的或经过虚化处理后的血腥、暴力场景，既令观众感受到危急和凶险的情节，使叙事更加直观流畅，又避开了血腥、暴力场景所可能带来的负面效应。

三、网络刑侦剧的生产和传播机制

（一）剧集之间：结构与悬念

网络刑侦剧注重对悬念的设置，这里的悬念不仅是某个案件的真相，还包括情感线等各种线索。网络刑侦剧《白夜追凶》讲述的是弟弟关宏宇在一场灭门案件中成了通缉犯，原为刑警支队长的双胞胎哥哥关宏锋为查出真相而发生的一系列故事，此为全剧的主线，也是全剧最大的悬念。但是在解决这个最大悬念的过程中，又有多起案件，有的案件与主线直接相关，有的与主线间接相关。在这些案件的侦破过程中，人物的行为动机、复杂的伦理关系和主线的隐藏线索都散落在各个剧集的各个段落中。所有的线索悬念彼此勾连嵌套，又被统筹到主线故事之下。直到第一季结束，《白夜追凶》仍有大量悬念未被解决。案件的真相（大结局）并不能解答所有悬念，大部分悬念的答案都藏在细小的段落中。网络刑侦剧悬念的安排就像机器的齿轮啮合，这不同于刑侦单元剧较为独立的并列结构，也不同于刑侦连续剧较为简单的推进结构，而是"单元"和"连续"相结合的剧集结构。这样的安排既保证了单一案件的叙事完整，又通过主线故事和散落在各段落中的线索悬念加强剧集和剧集之间的关联，强化网络刑侦剧的整体结构，大大增强其对观众的吸引力，进而保证收视率。

（二）系列之间：分"季"制作

媒介载体的不同也意味着电视刑侦剧和网络刑侦剧具有不同的特点。

由于电视平台的特点和要求，一般情况下，在电视平台上播出的剧集不能太多，也不能太少，但网络刑侦剧集数的设置往往较为自由，例如《无证之罪》仅有12集。除此之外，剧集的灵活安排也是网络刑侦剧的一大特点，《余罪》《白夜追凶》《法医秦明》等网络刑侦剧就采取了分"季"制作的模式。

分"季"制作，是指欧美商业电视根据收视率决定拍摄工作的一种模式，即先拍摄一部分剧集，然后根据市场反馈决定是否进行下一阶段的拍摄。依托互联网平台，网络刑侦剧的创作者可以更便捷地根据市场反馈情况决定接下来是否继续拍摄，以及如何拍摄。分"季"制作的网络刑侦剧一般会在上一季中留下线索或未解决的悬念。如《白夜追凶》，故事主线并没有在第一季结束，而是继续向后延伸，并且同时留下了大量的线索为第二季做准备。这种做法在系列电影中较为常见，但是在电视剧，尤其是电视刑侦剧中并不常见。就网络刑侦剧而言，若是在一开始就考虑到分"季"制作的问题，创作者便会特别注意设置线索和悬念，以求在总体上前呼后应，达到结构上的严谨，并吸引观众对系列剧集持续关注，甚至形成系列的"影视IP"。

电视媒介的频道和时段有限，分"季"制作的系列剧播出模式并不适合电视平台，所以电视平台上刑侦剧的剧集设置无法像网络平台一样灵活。这种灵活的剧集设置方式亦会影响网络刑侦剧的创作，进而使其呈现出与电视刑侦剧完全不同的故事形态。

(三) 网剧之间："剧场"化模式

2020年优酷视频和爱奇艺视频分别推出了"悬疑剧场"和"迷雾剧场（前身为'奇悬疑剧场'）"。"剧场"原本指特定的表演/观看场所，也指电视等媒介中播放电视剧的固定栏目；网络视频平台的"剧场"亦是如此，其只不过是将场所或栏目（版块）转移到了网络视频平台。"悬疑剧场"和"迷雾剧场"，是指将多个具有独立IP（不同于上文提到的"系列之间"）的网络刑侦剧安排到网络视频平台上的一个固定场所或栏目中播出。在这里场所和栏目并不仅仅是一个虚拟的空间位置概念，而更像是一种通过某种组合方式构建的类型剧"品牌"。"悬疑剧场"和"迷雾剧场"在细化观众群体的基础上对网络刑侦类型剧的生产和传播模式进行了全新的探索：通过多部类型网剧构建类型剧场，形成类型网剧品牌，然后类型剧场和类型品牌再反过来推动类型网剧形成相对稳定、可循环持续发展的生产和传播模式，即所谓的"剧带剧场，剧场带剧"模式。

在正式推出"悬疑剧场"和"迷雾剧场"之前，两大网络视频平台都曾出过"爆款"刑侦剧。优酷视频在2017年出品的《白夜追凶》和爱奇艺视频在2017年出品的《无证之罪》均引起了收视热潮。两个网络视频平台均具有生产和传播"爆款"网络刑侦剧的相似经历，同时，二者也选择了相同的"剧场"化刑侦剧生产和传播模式。然而，在具体的创作实践中，二者仍存在较大差异，比如在爱奇艺的"迷雾剧场"中，各部网络刑侦剧在内容选择、剧集设置、拍摄风格等方面较为相似，但是优酷视频的"悬疑剧场"在这方面却完全相反，进而形成了二者"剧场"品牌的不同创作取向。

"悬疑剧场"和"迷雾剧场"的生产和传播模式旨在构建网络刑侦类型剧品牌，即以"剧场"或"老剧"的口碑带动"新剧"的收视率，提高观众（用户）黏性，降低运营成本，然后用"新剧"再度强化类型剧品牌，形成良性循环。网络刑侦剧虽然可以在一定程度上借助类型剧场和类型品牌的影响力，但最终成功与否还是要看其作品本身的质量，否则"剧场"化的模式也难以长久持续。然而不可否认的是，"剧场"化已经成为大型网络视频平台生产和播出网络刑侦剧的趋势。

结　语

网络刑侦剧是宣扬社会主义法治、教育民众、震慑罪犯的有效途径；网络刑侦剧开辟的不同于电视刑侦剧的创作模式，可以更广泛、更形象地讲好警察故事、讲好法律故事。因此，对优秀的网络刑侦剧进行研究，总结、提炼其创作的宝贵经验，为今后相同类型电视剧的创作提供参考，具有重要意义。只有在坚守法律法规的前提下，不断对网络刑侦剧文本叙事、视觉表现、生产和传播机制等进行创新，网络刑侦剧才能提高自身的艺术水平，并强化自身的社会功能。

网络刑侦剧的侦查措施评析与突围路径[①]

——以《非常目击》为例

陈嘉鑫*

摘要：以"迷雾剧场"为代表的网络刑侦剧在2020年赢得了大量观众的追捧，而《非常目击》也以其巧妙的案情设计、严密的叙事逻辑、复杂的人物塑造、电影化的视听语言获得了不少观众的喜爱。《非常目击》剧集中展现了调查询问、侦查讯问、视频侦查、并案侦查、侦查辨认、搜查等侦查措施，由于播放时长、艺术创作等因素的影响，导致剧中部分侦查措施并没有严格遵循法律的规定。要促使网络刑侦剧提质升级、良性发展与成功"出圈"，就需要网络刑侦剧追求艺术创作与侦查法治的平衡，社会多元主体对网络刑侦剧进行专业审核，大力发挥网络刑侦剧的社会教化功能。

关键词：网络刑侦剧；侦查措施；突围路径；非常目击

一、《非常目击》的基本案情

《非常目击》是爱奇艺网络平台于2020年度推出的"迷雾剧场"6部悬疑网剧之一。该剧的案情错综复杂，主要包括以下6起案件。案件一：

[①] 基金项目：本文受重庆市三特行动计划治安学特色专业建设项目"新时代公安机关矛盾纠纷调解与法治化治理研究"资助（项目编号：CQSTZAX03Y-002），2020年重庆市研究生科研创新项目"'一带一路'视角下国际警务文化交流的路径多元化研究"资助（项目编号：CYS20172），2019年泸州市科技创新苗子培育计划项目"大数据与警务工作融合的若干思考"资助（项目编号：2019-RCM-89）。

* 陈嘉鑫，西南政法大学刑事侦查学院（国家安全学院）博士研究生。

1998年巫江县，时年18岁的小白鸽被害。案件二：43岁的凤州人张勇于1999年遇害。案件三：夔州37岁的吴翠兰在1999年被害。案件四：时年19岁的麒麟县人齐飞遇害。案件五：2018年，26岁的谢甜甜被害。案件六：38岁的秦菲于2018年遇害。这六起案件的性质都是杀人案，案件二、案件三、案件四都可归为竹筏杀人案，案件一则为竹筏杀人案与水塘抛尸杀人案的混合体，案件五为杀妻案与竹筏抛尸案的结合体，案件六则属于水塘杀妻案的范畴。其中，案件一与案件六中的尸体最后被发现的位置都在夔山树林池塘里。案件二、三、四、五具有以下共性：凶手都是通过竹筏抛尸的方式促使尸体沿江而下，被害人尸体被发现时都位于江边的竹筏上；被害人死亡的当天晚上都是雨夜；被害人被凶手剪了头发；被害人的死因都是机械性窒息死亡。案件一在所有案件中最为复杂，因为其涉及竹筏1个、凶手2人、目击者3人、犯罪现场4个。竹筏指的就是第一个凶手对小白鸽抛尸用的竹筏；凶手指的是第一个行凶者谢希伟，第二个行凶者周胜；3个目击者分别是看见小白鸽被第一个凶手绑走的秦菲，目睹小白鸽被第一个凶手放在竹筏上沿江而下的哑巴卫青，看见小白鸽被第二个凶手掐死的周宇。4个犯罪现场分别是小白鸽被第一个凶手绑走的地点，小白鸽被第一个凶手放在竹筏上的地点，竹筏顺流而下停靠的地点，小白鸽被第二个凶手杀死的地点（水塘）。上述案件中不同犯罪嫌疑人的作案动机也完全不同，犯罪嫌疑人谢希伟从小被亲生父母抛弃，以为全家人已经死亡，但谢希伟仍然渴望与家人通过死亡的方式团聚。后来妻子与其离婚，使其再次受到心灵上的重创，患上了精神疾病。于是，其寻找与其父母、兄弟姐妹具有相似特征的人进行杀害，并选择"竹筏抛尸，沿江而下"这种极具仪式感的作案手法，在谢希伟的逻辑里，他要杀死的是其想象中的一家人，最后构成一张全家福。犯罪嫌疑人周胜杀死小白鸽的原因包括以下因素：发现小白鸽的地点在酒店工程的工地旁，其害怕影响工程进度，加之被小白鸽误认为是之前的第一个行凶者。犯罪嫌疑人李锐的杀人动机是其与秦菲的婚姻不幸福，其曾与小白鸽互相爱慕，且小白鸽的死与秦菲当年的谎言存在某种关联，其想通过模仿小白鸽被杀的案件引起包括警方在内的社会各界对小白鸽案的高度重视。

二、《非常目击》中侦查措施的评析

(一) 调查询问

该侦查措施又被称为调查访问，其指的是警察等侦查主体为了查清案件事实，收集案件的相关证据，抓捕犯罪嫌疑人，而对案件的受害者及其家属、目击者等相关知情人员进行访谈询问的侦查措施。[①] 在每个刑事案件中，调查询问都是侦查人员一定会采取的侦查措施，并贯穿于案件侦办工作的始终。调查询问措施也是公安机关贯彻专门机关与群众路线相结合原则的深刻体现。在小白鸽案中，公安机关对小山峰、哑巴卫青等人进行了调查询问。通过采取此种侦查措施，侦查人员能够知晓小白鸽案中凶手的作案手法、作案时间、作案地点，甚至可能得到目击者对行凶者长相的描述。在本案中，小山峰由于惊恐，患上了应激性障碍，在相当长的时间内忘记了凶手的具体长相。侦查人员对于这类精神紧张的目击者，需要稳定调查询问对象的情绪，通过语言的运用与行为的表现，与其建立亲和关系，增加其安全感，力争获得被询问人员的充分信任。侦查人员可以综合运用接近回忆法、相似回忆法、关系回忆法等方法推动目击者回忆案情的有关信息。由于小山峰当时是未成年人，侦查人员在对小山峰进行调查询问时，还应当通知其监护人到场，并且应该由两名侦查人员对小山峰进行调查询问。在《非常目击》中，并没有展现警察当年对小山峰的调查询问过程，但我们根据剧集信息可以推知：借助访谈获得的案情信息线索没有对案件侦破产生决定性的影响；小山峰还被他人造谣为凶手的帮凶，一家人无奈搬离了巫江县。由此可见，公安机关对小山峰的调查询问并没有取得理想的效果。在剧集中，公安机关对卫青的调查询问获得了案件的重大线索，即凶手的作案地点、作案时间与作案手法等，侦查人员此次调查询问表面上来看较为成功，可实际上，在法律程序方面是存在瑕疵的。本案中协助侦查人员询问哑巴卫青的是叶小禾，其只是手语的业余爱好者，没有手语翻译员的证书，严格来说不属于通晓手语人的范畴。在笔者看

[①] 许细燕、杨辉解主编：《侦查措施》，中国人民公安大学出版社2015年版，第43页。

来，每部刑侦剧的导演、编剧在剧集拍摄前需要熟悉相关法律法规；明确调查询问的程序与步骤。在剧中扮演侦查人员的演员要结合不同的案件与询问对象，针对性地采取调查询问策略与方法，并做好调查询问的笔录，促使调查询问措施兼具合法性与合理性。

(二) 侦查讯问

该项侦查措施应用于刑事诉讼活动中，其是指为查清案件事实，侦查人员依照法律法规的现行规定，对犯罪嫌疑人开展讯问，从而获得供述或辩解的侦查措施。[①] 侦查讯问措施基本上在每一起案件中都会被侦查人员加以运用。侦查机关通过侦查讯问获得的言词证据被称为犯罪嫌疑人、被告人的供述和辩解，简称"口供"。侦查机关采取侦查讯问措施，有助于其查明案件真相，证明犯罪事实，使无辜者免受法律的追究。在《非常目击》剧集的多个案件中，侦查讯问是侦查机关运用得较为频繁的侦查措施之一。譬如：在秦菲遇害案中，侦查人员对李锐进行了讯问；在吴翠兰被害案中，警方对张汉东进行了讯问。我们可以从法律法规以及讯问方法上来审视上述讯问的过程。在法律法规层面，本案中侦查人员对李锐进行了多次讯问，但两次讯问时侦查人员的人数都是1人，这并不符合讯问人数的法定要求；对李锐的供述与辩解没有运用电脑进行记录；对于这类可能被判处死刑的案件，侦查机关并没有对讯问的过程进行全程同步录音录像。侦查人员对张汉东进行了三次讯问，讯问人数分别为3人、2人、2人，符合法律法规关于讯问人数的要求。警方也提到了讯问时间还剩下6个小时，这从侧面说明公安机关注意到了法律法规对于讯问时限的要求。侦查人员给予了张汉东上厕所以及抽烟等休息的权利，这表明公安机关在讯问过程中保障了张汉东的基本人权。当然，公安机关在讯问张汉东的过程中仍然没有进行同步录音录像，在其后两次讯问过程中，没有同步做好笔录记录。在剧集中并没有呈现侦查人员对犯罪嫌疑人讯问时告知其所享有诉讼权利的过程，也没有犯罪嫌疑人核对讯问笔录后进行签名的环节。在讯问方法方面，侦查人员对李锐的讯问较为成功，从其口供获知了

---

① 郑晓均主编：《侦查策略与措施》，法律出版社2010年版，第161页。

其犯罪动机、犯罪原因与犯罪实施的全过程，并与本案中的其他证据进行了印证，最终使得秦菲遇害案顺利告破，李锐也被法院判处死刑。但侦查人员在对张汉东进行讯问的过程中，贸然地亮出了底牌，直接问小白鸽、吴翠兰是否为其所杀，并没有获得理想的讯问效果，尤其是未能获得"张汉东身份证丢失方式"的有关信息，这直接导致侦查线索中断，侦查工作陷入了停滞。综上所述，笔者认为刑侦剧集在拍摄过程中需要严格遵循侦查讯问的法律法规要求，包括：满足侦查讯问人员身份、人数、性别的要求；遵守侦查讯问时限的规定；对法律规定的案件在讯问过程中进行同步录音录像；对犯罪嫌疑人的供述、辩解全程做好记录；尊重和保障犯罪嫌疑人的休息权、辩护权、控告权等权利。与此同时，刑侦剧集展示的讯问方法在突出侦查讯问人员与犯罪嫌疑人之间紧张的博弈过程之外，还可以呈现侦查讯问人员使用发现矛盾、利用薄弱点、说服教育、情感感化、适当展现证据等讯问方法。

（三）视频侦查

视频侦查措施，是指侦查机关将视频监控、计算机、图像信息处理、视觉计算等技术运用在侦查破案过程中，进而获得案件的视频图像，与其他侦查措施相结合，促使案件中的证据相互印证与关联，从而促使侦查破案的一种侦查措施。[①] 视频侦查并不是一项传统侦查措施，而是在我国信息技术不断进步，天网工程深度建设，视频被广泛运用的大背景下产生的一种新型侦查措施。视频侦查措施不仅有利于获得未被侦破案件的线索、破获具有预谋的案件，也能追踪犯罪嫌疑人的行动轨迹，还可以作为视听资料这种法定证据的形式，保证诉讼的有效推进。剧中在秦菲遇害案中，视频侦查措施就对公安机关侦破案件产生了巨大作用。公安机关通过调取小区监控，发现李锐是晚上11点出的门，证明其关于离开小区的时间并没有说谎。李锐的车出现在夔山主路监控里，随后该车驶入了山间小路，证明李锐整个晚上没有离开过剧团的说法可能存在问题，其并不存在不在场证明，为公安机关后续将李锐作为该案的重点犯罪嫌疑人奠定了基础。

---

① 许细燕、杨辉解主编：《侦查措施》，中国人民公安大学出版社2015年版，第85页。

李锐的车停靠在剧团后山的斜坡上,其可以通过开车从后门离开;李锐汽车轮胎上具有夔山道路上特有的牛筋草,证明其车到过案发现场附近。视听资料与上述侦查所获得的痕迹物证相互印证,成为案件的重要证据链条。又如:街道的监控录像显示,张汉东近期曾出入过老家面馆,其出来时神情较为慌张,步履匆忙。这个举动引起了警察山峰的注意,其推断张汉东与老家面馆的老板谢希伟以前就认识,谢希伟可能对张汉东进行了威胁,警方增加了对谢希伟实施竹筏连环杀人案的怀疑,并将案件重点犯罪嫌疑人锁定为谢希伟。笔者认为,在视频监控迅速普及的当下,现实刑事案件的侦破中或多或少地会运用视频侦查措施。因此,在刑侦剧集中适当地加入视频侦查元素,能够增加刑侦剧的现实感与真实性。

(四) 并案侦查

指的是侦查部门将疑似为同一个犯罪主体实施的系列刑事案件进行合并,进而展开侦查的措施。[①] 并案侦查有助于侦查人员深入了解案情,拓展侦查思路;最大限度地整合侦查资源,提升侦查效益;还有利于对系列案件进行预防控制。并案侦查措施最为关键的就是判断并案侦查的条件,侦查人员需要对案件性质、作案手法、犯罪工具、犯罪时空条件、犯罪嫌疑人体貌特征、被害人特点、现场遗留的痕迹物证等相同、相似或存在某种联系的情况进行重点关注,在科学分析判断的基础上,决定是否采取并案侦查措施。秦菲遇害案具有机械性窒息死亡、雨夜、抛尸水塘等特点,而小白鸽被害案也具有机械性窒息死亡、雨夜、抛尸水塘的特征。所以,警方在发现这两起案件的共同点后,就决定对上述两起案件进行并案侦查。但最后秦菲遇害案的凶手是李锐,而小白鸽遇害案的行凶者有第一凶手谢希伟、第二凶手周胜。两起案件没有本质上的联系,后一起案件的行凶者模仿了前一起案件的作案手法与作案时空等,从而使得侦查机关误以为两起案件是系列案件。其实,死者秦菲有多次割腕的经历,并且秦菲遇害案与小白鸽被害案相隔20年,两起案件存在不一样的特征,不一定为系列案件。而侦查机关在开始侦办秦菲案时对上述情况有所忽视。因此,

---

① 许细燕、杨辉解主编:《侦查措施》,中国人民公安大学出版社2015年版,第131页。

主题研讨（二）：网络刑侦剧现象解析

侦查机关在采取并案侦查措施时，需要对凶手模仿作案的情况进行考虑。后来，剧中的侦查机关分析了小白鸽遇害案、张勇遇害案、吴翠兰被害案、齐飞被害案，发现这四起案件发生年代较为接近，受害者被害方式极为接近，都具有机械性窒息身亡、雨夜、竹筏抛尸沿江而下、剪头发的特点。因此，警方将这四起案件认定为系列案件，最终结果表明这四起案件确实是谢希伟实施的连环杀人案件。而警方之所以没有将谢甜甜被害案与上述四起案件进行并案侦查，是因为其虽然也具有机械性窒息死亡、剪头发、竹筏抛尸的特征，但本案还存在尸体被冰冻过这一特殊情况。事实证明，谢甜甜并不是谢希伟所杀。笔者认为，鉴于刑侦剧经常存在系列案件的情况，刑侦剧的导演与编剧需要把握并案侦查的条件，依法实施并案侦查措施，力求在剧中对侦查实践中的并案侦查措施进行高度还原。

（五）侦查辨认

该项侦查措施在侦查机关侦查过程中也较为常见，其指的是侦查机关组织证人、被害人、犯罪嫌疑人等人员对尸体、犯罪嫌疑人、物品、场所等与犯罪相关的事物进行识别的一类侦查措施。[1] 侦查辨认能够为案件的侦办工作指明方向，对于收集线索与证据、查明案件的基本情况、抓捕犯罪嫌疑人具有重要意义。在《非常目击》剧集中明确提出的侦查辨认只有一处，那就是侦查人员让闫东辉对与吴翠兰当年一同开房人员的两次辨认，最终经过侦查辨认，公安机关确定了张汉东并不是当年与吴翠兰开房的人员，而是谢希伟当年冒用了张汉东的身份证，在旅馆登记后与吴翠兰开房。这大大增加了谢希伟是吴翠兰被害案真凶的嫌疑，促使侦查机关明确了竹筏杀人案后续侦查的具体方向。剧集中可以明确闫东辉是对张汉东、谢希伟照片进行的辨认，而这两次侦查辨认的照片数量是否为10张以上，是否遵循了事先询问、混杂辨认等辨认的基本规则，在剧集中并没有进行交代。而在整个剧集中，亲人家属会对尸体进行辨认；目击者会对犯罪嫌疑人实施辨认；亲人家属会对被害人的随身物品展开辨认等，上述侦查辨认的细节可能由于剧集长度的限制并没有得到呈现。在笔者看来，

---

[1] 郑晓均主编：《侦查策略与措施》，法律出版社2010年版，第65页。

在刑侦剧集的拍摄过程中，导演与编剧需要提前熟悉不同种类侦查辨认对象的数量要求，遵守个别辨认、混杂辨认、自主辨认等辨认规则。而在剧集呈现的过程中，也可以对部分案件侦查辨认的全过程进行完整地呈现。

（六）搜查

该项侦查措施指的是侦查机关工作人员对犯罪嫌疑人以及可能藏匿犯罪相关证据的场所、物品等展开搜寻和查找，从而捕获犯罪嫌疑人、收集犯罪相关证据的一类侦查措施。[①] 搜查能够拓展案件侦查的线索，明确犯罪的场所，帮助侦查人员明确侦查的方向。在《非常目击》剧集中，也存在多处警察采用搜查措施的情况。譬如：侦查人员对李锐家进行搜查时发现，李锐与秦菲分床睡、厨房用具也分开使用，家里没有夫妻的合影，由此警方可以推知，这对夫妻婚姻关系形同虚设，由此判断李锐具有杀人的动机与作案的嫌疑。侦查人员在对赵杰住所的搜查过程中发现了冰柜搬动的痕迹，找到了《死亡解剖台》这本书，书中有低温冷藏保存尸体的详细介绍，由此证明谢甜甜被害案，其丈夫赵杰具有重大嫌疑。警方在对谢希伟住处地下室的搜查过程中发现，墙上挂着几个被害人的照片，进而厘清了谢希伟计划杀害其想象中一家人的杀人逻辑，明白了其杀人的动机，也能够及时固定上述相关的证据。剧中公安机关在几次执行搜查任务时，并没有出示搜查证，而上述案件在当时并不完全符合无证搜查条件，这是剧中搜查措施实施过程中值得改进的地方。笔者认为，网络刑侦剧在呈现搜查措施时，需要对公开搜查与密搜密取进行区别，并在搜查过程中做好详细的记录，注意在实施此种强制性侦查措施时，避免对当事人人身权与财产权等权利的侵犯。

三、网络刑侦剧的突围路径

（一）寻求网络刑侦剧艺术创作与侦查法治的平衡点[②]

为了吸引目标观众的关注，赢得良好的口碑与受众的好评，网络刑侦

[①] 郑晓均主编：《侦查策略与措施》，法律出版社2010年版，第82页。

[②] 肖军：《影像中的侦查学：中国电视剧评析（1949—2019）》，法律出版社2020年版，第39-40页。

剧在艺术创作的各方面都需要下足功夫。譬如：演员阵容配备有老戏骨与青年演员；剧中人物关系错综复杂，塑造的人物具有多重人格且有立体感；叙事逻辑多线复杂且有层次感，运用顺叙、倒叙、插叙等多种叙述方式；视听效果立体独特；剧中反映了现实的社会问题与深刻的人文关怀。《非常目击》邀请了杜志国、钱波、杜建桥等老戏骨以及宋洋、贺鹏、孙振鹏等年轻演员出演了剧中的重要角色；该剧人物关系错综复杂，涉及父母子女关系、夫妻关系、师徒关系等多种社会关系；剧中没有对塑造的人物进行绝对的善恶二元对立，哪怕是连环杀人案的凶手谢希伟也具有对家庭温情的一面；全剧采用了顺序、插叙、倒叙等多线叙事方式；该剧的主题曲是《夜雨雾》，歌曲很有质感、节奏感强烈，与剧集破案的主题紧密贴合，视听效果近似于电影的主题曲；因为重庆市是雾都，有山有水有桥，选择在重庆拍摄，能够增加剧集的悬疑感；本剧深刻反映了多个社会现实问题：公安机关警力的不足；警察工作任务繁重，无暇顾及家庭；受害者家属的心灵创伤；原生家庭存在问题对子女的影响等。上述元素都是网络刑侦剧在艺术创作方面需要注意把控的细节。而网络刑侦剧除了具有艺术性之外，还兼具真实性，这就需要网络刑侦剧的导演、编剧、演员在剧集拍摄时遵循侦查的各项法律规定。第一，网络刑侦剧在展现调查询问、侦查讯问、侦查辨认等侦查措施时，需要遵循现有的法律规范，实施上述侦查措施时，需要掌握科学合理的方法与策略。第二，网络刑侦剧也应遵守侦查秘密原则，不应过度暴露侦查措施的细节，不应涉及技术侦查、卧底侦查、控制下交付等秘密侦查措施的具体内容，以防犯罪嫌疑人采取针对性的反侦查手段。第三，网络刑侦剧相比传统刑侦剧的剧集较短，为节省播放时间，避免剧情拖沓冗长，可以对多个重复性的侦查措施进行一定的删减，保留与剧情联系紧密又具有典型意义的侦查措施。第四，可以对网络刑侦剧的侦查措施进行一定程度上的艺术化加工，但不能过于夸张，脱离侦查实践，刑侦剧的侦查措施来源于侦查实务又高于侦查实务。综上所述，平衡好艺术创作与侦查法治两者之间的关系，能够为网络刑侦剧的持续发展奠定良好的基础。

（二）多元主体对网络刑侦剧进行审核

依照《互联网视听节目服务管理规定》《网络视听节目内容审核通

则》等相关规定，当前网络剧的审核方式是自审制，即由视频平台网站内部的3名以上审核员以及总审核员对网络剧进行审核，这也滋生了一些现实问题：网络剧的制作水平不高、网络剧的内容缺乏专业监管、侵犯知识产权的案件时有发生。由此，网络刑侦剧可以借鉴传统电视剧的审核方式，采用专审制，由省级及以上的影视行政主管部门邀请专业人员对其进行专业审核，从而实现线上线下审核方式同步的目标。由于网络刑侦剧属于特殊题材的剧集，其不仅需要视频平台网站内部持证人员对其基本内容进行审核，也需要聘请影视学专家对其是否存在宗教迷信、血腥、色情等不良内容进行审核，还需要邀请高校法学教师、警察、检察官、法官、律师等法律职业共同体对网络刑侦剧中专门机关采取的措施是否符合法律规范进行合法性审核，之后再由影视行政主管部门的行政人员进行审批。通过上述"三次审核+一次审批"模式，多元主体能够对网络刑侦剧的内容在各个层面进行把关，进而促使网络刑侦剧的质量提档升级。另外，省级及以上的影视行政主管部门应当建立网络刑侦剧审核专家库，贯彻回避原则，实施匿名审核制度；细化网络刑侦剧的审核标准；建立健全网络刑侦剧的审核时限、审核流程等相关规范，进而助力于网络刑侦剧审核工作的顺利高效开展。

（三）发挥网络刑侦剧的社会教化功能

不同于爱情、亲情、古装、玄幻等题材的网络电视剧，网络刑侦剧中不仅需要传播法律文化中的公平正义，也需要引发人们对现实问题的关注，还需要传递人世间的真善美。从《非常目击》中我们能感受到，刑侦民警具有忠于职守、舍小家顾大家的精神，还能体会到这个群体以追求案件真相、为受害者讨回公道为天职；我们能够真切感受到受害者家属的痛苦与无奈；我们也能发现原生家庭对一个人成长的重要影响；我们还能观察到社会中存在的一些问题，包括警民冲突、夫妻矛盾、父母子女之间的矛盾等。因此，网络刑侦剧的制片人、编剧、导演在设计、编排刑侦剧时不能完全受金钱的驱动，一味追求商业利益，要以人民群众的文化需求为导向，在剧中体现出家国情怀、社会责任感、法律文化。既要对剧本进行艺术化加工，增加剧集的趣味性；又要还原警务实践，保证剧集的真实性。网络刑侦剧将上述积极的元素通过屏幕传递给观众，能够促使观众潜移默化地受到剧集的积极影响，从而正向引导观众在日常活动中自觉规范自身的言谈举止。由此，观众这个庞大的群体就能够成为社会主义核心价值观的践行者、传播者，这将有利于推动中国特色社会主义法治国家的建立、和谐社会的塑造、平安城市的建设。最终，网络刑侦剧这个优秀的文化产品将会成为我国的一张名片，在法律、社会、经济等多个方面产生巨大的效益。

结　语

网络刑侦剧目前正呈现出方兴未艾之势，其作为一个新生的事物，在创生之初难免会遇到各种各样的瓶颈，这不仅需要网络刑侦剧制作团队正视并纠正自身存在的问题，还需要法律职业共同体、专家学者、观众等群体形成合力，共同解决其发展中的难题。与此同时，网络刑侦剧的制作团队既要树立文化自信，坚持我国网络刑侦剧的特色，又要抱有开放包容的心态，借鉴国外刑侦剧制作的先进经验。由此，推动我国网络刑侦剧制作迈入工业化、个性化、精品化之路，使其在主题展现、气氛烘托、人物塑造、叙事逻辑、视听感觉等方面能够得到优化升级，进而提升自身的话题度以及口碑，促使更多的网络刑侦剧成功"出圈"，推动网络刑侦剧整个市场良性持续发展。

浅析网络刑侦剧设置悬念技巧

——以《在劫难逃》为例

杨天航[*]

摘要：回顾2020年，网络刑侦剧迅速崛起，抢占网络影视市场。《隐秘的角落》《迷雾追踪》《沉默的真相》等网络剧以巧妙的悬念设计构建情节、推动剧情发展，获得大量受众的高度评价。而影视作品创作中悬念元素不仅能推进故事脉络的开展，并且引起观众对人物命运的期待心理，加强了作品所展现主题的感染力。《在劫难逃》作为爱奇艺推出的悬疑类型剧场的主要刑侦推理网剧之一，将悬念元素融入复杂的叙事逻辑、精妙的场景布局以及奇幻的穿越情节设定，获得观影大众的热议。本文通过分析剧中作为叙事手段的侦查措施、渲染悬疑气氛的场景空间布局、别致的轮回情节在剧中的运用，探讨作品中设置悬念的技巧。以期对中国刑侦类型影视作品突破传统路径、良性发展有所启示。

关键词：悬念；侦查措施；场景设计；穿越情节

引　言

在影视作品中，悬念是被频繁运用的、最具备魅力的元素之一。"编剧或导演抓住观众对故事进展和人物命运前景期待的心理，在情节中设置悬而未决的矛盾现象，诱导观众快速进入剧情，以达到饱和状态和欣赏效果。"[①] 悬念作为刑侦剧和刑侦影片必备的内容，对于提升整个作品的质

---

[*] 杨天航，西南政法大学国家安全学院博士研究生。
[①] 王心语：《希区柯克与悬念》，中国广播电视出版社1999年版，第196-222页。

量有其合理性和必要性。然而，近年的刑侦剧、推理影片大量涌现，以及其他类型的影视作品中经常运用悬念凸显剧情跌宕起伏，悬念设置技巧呈现出固化的趋势，剧情套路痕迹严重，降低了荧幕呈现出来的悬疑感。

而爱奇艺"迷雾剧场"的作品一经播出，就成为"爆款"，实现口碑和收视率的双丰收。其中，《在劫难逃》以快节奏展现一系列凶杀案的发生过程，而后通过案件涉及的主要人物张海峰多次时空穿越对案件缘由的调查，增强观众的代入感，使人带着悬念，跟随剧中人物视角，探究故事背后的真相。本文以该剧作为研究对象，探究其如何巧妙地利用了侦查过程、场景构建和穿越情节设置悬念，营造出故事情节的反差和无限接近危险的紧迫感。

一、侦查过程凸显悬念

"侦查是有关机关依照法定程序，查明刑事案件情况，收集犯罪证据而对案件有关人、物、场所采取的调查性和强制性措施。"[1] 侦查的法定性和程序性决定了侦查过程必须逐步推进。而刑侦剧大多采用办案人员视角，引导观众期待案件走向，即观众和剧中人物都急切得知罪犯是谁。但是，《在劫难逃》中主角张海峰在预先知道杀人凶手和被害人的情况下，反而形成了不同的悬念效果，观众更加期待凶手被捕、被害人没有遇害，以及知晓凶杀背后的故事。因此，该剧更加注重侦查过程中调查行为的刻画，通过侦查过程传递给观众大量的信息，突出剧情中的悬念，让人期待案件真相一步步剖析。本文为了更加清晰地分析侦查取证类行为突出悬念的作用，将该部网络刑侦剧塑造的世界依据镜头呈现的剧情划分为 4 个时空，分别标注为第一时空、第二时空、第三时空、第四时空。

（一）案发现场勘查

案发现场勘查的主要任务是查明事件性质、犯罪相关的情况和收集证据等。刑侦剧一般先展现犯罪经过，再刻画现场勘查情况；或者直接呈现现场勘查过程。案发现场勘查通常处于故事的开端阶段，将一个案件的最

---

[1] 任惠华：《侦查学原理》，法律出版社 2012 年版，第 10 页。

基本的信息告知观众。而其作为侦查过程的逻辑严谨性使人有迹可循地进行揣测，并与剧情的铺展进行呼应。影视作品中案发现场勘查不仅明确了犯罪案件的基本情况和影片叙述方向，而且将一个"谜题"抛给观众，即剧中人物和观众对接下来发生的故事都不清楚，引发观众的好奇心。

《在劫难逃》构建的多时空世界中，同一罪犯反复对同一被害人实施犯罪。但是，该剧中案发现场勘查的呈现方式并非简单地重复，而是通过人物语言和特写镜头显示出碎片化的信息。第一时空，李澜被害案中主要呈现赵彬彬自首后的讯问过程，仅从办案人员交谈中得知凶案现场勘查发现作案凶器——一把刀。第二时空中，观众可以从李澜案发现场勘查中获悉更多信息与之前的剧情对应，如凶器上没有指纹是因为赵彬彬在手上涂了抹除指纹的胶状液体。第一时空和第二时空的李澜被杀过程几乎一模一样，而第二时空的案发现场勘查情况是对第一时空没有交代的剧情的补充，避免了单调的重复过程。而关于被害人付吉亮的案件，不同时空中付吉亮的被害方式不同，现场勘查的情况也就完全不一样。在第一时空中，警方仅通过现场勘查发现被害人为付吉亮，被杀害于家中。第二时空中，付吉亮被绑架，没有现场勘查过程。第三时空中，付吉亮被杀案的现场勘查情况更详细，包括对死者的致命伤勘验、对凶手的身高进行评估等。三个时空中，案发现场勘查避免了信息展示的重复性，而给予观众和剧中警方越来越详尽的侦破线索和剧情发展的暗示。例如，第一时空中，案发现场勘查没有给予观众详细的勘查情况，只确定案件涉及的几个主要人物：张海峰、李澜、付吉亮、赵彬彬。在第三时空中，警方发现了五起刑事案件，对其中四起案件的现场勘查进行了镜头展现。刘雨奇被杀案中更是提供了证明凶手身份的关键性证据。而剧中主角张海峰更是通过经历多时空的现场勘查情况，确认实施犯罪的凶手为赵彬彬，以及围绕案件背后的诸多线索，如现场反复出现的燃烧纸鹤等。

《在劫难逃》中呈现的案发现场勘查，通过向观众反复传递信息和丰富信息的细节，加强剧情的悬念感，使人揣测故事情节的走向，对剧情的发展产生浓厚的兴趣。

时空	被害人	案发地点	勘查得知的情况
第一时空	李澜	云景小区地下停车场	被害人被人从背后用刀杀死；刀是张海峰店里的
	付吉亮	萌渚路72号附近房间内	死者身份确定为付吉亮
第二时空	李澜	云景小区地下停车场	李澜被一刀毙命；监控摄像头被破坏；地上有灰烬；刀上只有张海峰的指纹
	付吉亮	污水井里	炸弹自制
	乔昕	和平大厦顶楼	张海峰女儿死亡时，赵彬彬在场
第三时空	付吉亮	学校教具室	付吉亮被一刀毙命，口袋里的纸条显示其被人约到教具室；地上有燃烧纸灰；凶手身高在一米八左右
	杜朝阳	画廊	监控显示刘雨奇和其司机出入，杜朝阳被刺；现场发现燃烧纸灰
	赵彬彬养父	赵彬彬家附近	一名男性死尸，死亡时间过长，后确认是赵彬彬养父
	刘雨奇	刘雨奇家中	摄像头记录了孙晓萌在案发前进入刘雨奇住处，案发后开车出来

(二) 访问、讯问调查

访问、讯问调查是刑侦剧中必不可少的情节。影视剧中访问、讯问调查往往是警方为了进一步锁定犯罪嫌疑人、利用策略寻找新的线索和证据，对情节的发展起着推动作用。观众一般通过新的线索和证据对剧情走向期待，或者在知晓犯罪过程后，好奇调查过程能否发现关键证据。

《在劫难逃》中的访问、讯问调查根据调查结果可以分为两种，有效的调查和无效的调查。有效的访问、讯问调查使警方获得了有助于破案的信息，包括第一时空中，警方审讯赵彬彬，确认还将发生命案；第二时空中，警方询问赵彬彬同事，得知其在工作单位与人没有过节等。这一类有效调查将新的线索和证据展现给观众和剧中人物，引发观众猜想，即罪犯在谋划什么诡计，被害对象与凶手之间有什么关系等。例如，第三时空中，警方通过讯问与李澜有纠纷的雷强，知晓李澜、付吉亮等人与化工厂非法排污有关。而警方对赵彬彬同事、赵彬彬家楼上居民、孤儿院院长访问得知，赵彬彬跟被害对象完全没有关系，使观众更加好奇赵彬彬的杀人动机。

剧中无效访问、讯问调查使警方没有获得任何有助于推进案情和剧情的信息，包括第二时空中，警方讯问付吉亮，没有得到任何信息；第三时空中，警方访问和讯问刘雨奇，几乎没有得到任何与案件有关的信息。这类无效的访问和讯问实际上是故意营造悬念，剧中看似毫无意义的调查过程是暗示观众被审问人物故意隐瞒情节，或者还有暗藏的线索未被发现。例如，第三时空中，张海峰询问刘雨奇是否在案发现场看见凶手时，刘雨奇矢口否认。事后，张海峰推测刘雨奇撒谎，让人猜想警方如何进一步对刘雨奇进行调查。此外，无效的访问和讯问大多是警方与犯罪者之间的交锋，剧中警方询问赵彬彬和孙晓萌往往得到的是无效信息。观众和剧中人物都知道犯罪者是谁，但是问询的客观情势和问询双方语言的逻辑性和尖锐性使气氛紧张感更加强烈。例如，赵彬彬对张海峰说："一定要知法才能守法。"使剧情充满张力；张海峰妻女死去，赵彬彬对其说，"出门的时候，记得带伞。"让人浮想联翩。

时空	访问、讯问对象	访问、讯问原因	访问、讯问得知的情况
第一时空	冒充付吉亮的赵彬彬	赵彬彬杀害李澜后自首	还会有人死；案件与张海峰有关；朵朵的死不是意外
第二时空	孙晓萌	赵彬彬家中有孙晓萌店里的花	赵彬彬经常买同一种花
	付吉亮	此人被绑架	没有任何信息
	赵彬彬同事	调查赵彬彬情况	赵彬彬在上班期间没有跟人发生过争执

主题研讨（二）：网络刑侦剧现象解析

续表

时空	访问、讯问对象	访问、讯问原因	访问、讯问得知的情况
第三时空	赵彬彬	张海峰怀疑赵彬彬	赵彬彬在案发附近的影城看电影
	赵彬彬	张海峰怀疑赵彬彬	赵彬彬否认离开过电影院
	雷强	查找李澜和付吉亮等人的关系	李澜过去的化工厂非法排污；付吉亮曾担任化工厂的会计；化工厂还有一个主要关联人物
	十方化工厂附近居民	查找线索	赵彬彬与化工厂没有联系；杜朝阳参与化工厂的排污事件
	折纸专业人士	燃烧纸灰的含义	确定燃烧纸灰是纸鹤被点燃，有纪念意义
	刘雨奇	与化工厂、付吉亮、赵彬彬等人的关系	与案件主要人物没有任何关系
	孙晓萌	与赵彬彬的关系	被告知不认识赵彬彬
	赵彬彬家楼上居民	了解赵彬彬家庭情况	赵彬彬的父母与化工厂没有关系
	孤儿院院长	了解赵彬彬领养之前情况	赵彬彬是弃婴
	赵彬彬	试探赵彬彬与其养父死亡的关系	赵彬彬与其养父关系一般
	刘雨奇	出现在杜朝阳被刺现场	警方发现刘雨奇认识凶手，但是其否认事实
	孙晓萌	涉嫌杀害刘雨奇	孙晓萌父亲被李澜和杜朝阳等人陷害；孙晓萌将张海峰误认为杀父仇人

(三) 其他侦查措施

《在劫难逃》作为刑侦剧，侦查措施被运用了大量镜头进行描写，除了现场勘查和访问、讯问，还包括技术侦查、跟踪监视等。剧中第一时空到第三时空，镜头所呈现的警方侦查措施逐渐多样，其原因是第一时空、第二时空的剧情节奏紧张，警方的破案时间紧迫，第三时空的情节更好地呈现故事的完整性。

多样的侦查措施从多个角度对故事进行讲述，与镜头细节呼应使剧情更加曲折复杂。例如，张海峰在分析付吉亮被绑架的视频时，通过分析得知，绑架的地点在举办马拉松活动场地附近，与第2集片头收音机的新闻相对应。而监控技术分析多次出现在该剧中，制造跌宕起伏的剧情，包括电影院监控和行车记录仪记录疑似凶手的假象，使观众期待凶手被抓住，而结果的反转创造了足够的戏剧性。此外，侦查措施更容易快速推进剧情发展，制造紧张感。例如，警方派人跟踪保护张海峰妻子的片段中，观众知道剧中人物处于将要被绑架的危急情形，但是不知道结果如何，引起观众看下去的欲望。

侦查过程描述是刑侦剧剧情的主要推进方式之一，侦查措施性质和特征更加容易制造戏剧张力，控制叙事节奏。《在劫难逃》对侦查措施进行简洁描述，对侦查情况进行碎片化呈现，将剧情悬念分化成多个阶段，制造更多的紧张情节。

二、场景设计营造悬疑气氛

一部成功的悬疑类型的影视作品，除了依靠新颖的故事情节、设定的悬念细节等，还需要通过影片中的场景空间设置衬托出悬疑气氛，对观众进行心理暗示。"若没有氛围相和的场景设计，只有人物的演出，悬疑推理剧的视觉效果和悬疑感必定会大打折扣，代入感也会被极大削弱。"[1]悬疑大师希区柯克很擅长利用场景空间的设计，将观众一点一点地代入其电影情节中。他的电影中利用楼梯、电梯制造紧张感，让观众对未知产生

---

[1] 马博：《悬疑推理剧的场景设计分析》，载《当代电视》2016年第8期。

好奇又惧怕的矛盾心理。《在劫难逃》中同样对场景空间进行精心的设置，强化悬疑效果。

（一）场景的物性空间

场景的物性空间指的是场景空间内的叙事而非人物精神层面的描述，包括场景内静态和动态事物。而"电影中的场景可不只是摆设那么简单，它们需要具有百分之百的合理性才能出现在镜头中"[1]。对悬疑推理剧而言，场景空间的组成要件、物品摆放位置和造型设计不仅营造视觉效果、调动观众的情绪，而且成为衔接情节以及提升悬疑感的关键要素。

刑侦剧中的场景道具作为影视作品中无声的语言，向观众传达信息，为影片的情节转折做铺垫。《在劫难逃》从切菜的动作展开，菜刀作为第一道具呈现，紧接着对刀放回刀架、胶水掩盖指纹、刀从刀架上取走进行镜头特写，创造了空间叙事的可能，引起观众遐想。然后，画面出现了千纸鹤被烧、钟表店、坏了的儿童手表、手机显示"乔昕"、广播播放马拉松比赛，为后面的镜头转换、情节转折、人物关系进行了铺垫，使影像的叙事过程更具合理性。后续的情节再逐步为观众解释，千纸鹤承载着赵彬彬和孙晓萌之间的情谊；钟表店和坏了的手表暗示了时间是剧情发展的重要因素；乔昕对张海峰意味着家庭；而坏了的儿童手表不仅暗示张海峰女儿的不幸，还象征着剧中赵彬彬、孙晓萌、朵朵不幸的童年经历。剧中赵彬彬的家和孙晓萌的花店都出现了复仇女神厄里倪厄斯的画，暗示两个人杀人动机都是为了复仇。此外，绣球花是赵彬彬和孙晓萌进行接触的信物，在结尾中，张海峰送给小时候的孙晓萌绣球花，升华了整个故事。

该剧中场景的空间布置也在为之后的故事演绎埋下伏笔，营造悬疑气氛。例如，乔昕在楼上祭奠女儿时，张海峰站在楼下望向楼上，让人不禁猜测张海峰的家庭发生了什么；张海峰等人去化工厂的旧址调查时，一个人突兀地站在黑暗的建筑内。随着他们走向这个人，光影在他们身上交错，仿佛一步步接近真相，让人紧张之余产生更多联想。

（二）场景空间光影

悬疑影片为了渲染悬疑气氛，往往通过光影的强弱和人物所处场景的

---

[1] 淮茗：《永远的电影悬念大师——希区柯克》，载《世界文化》2001年第1期。

位置，对人物内心进行刻画，为剧情发展埋下伏笔。例如，"在《搏击俱乐部》中，很多处就应用了这种处理光影的手法，无论是忽明忽暗的灯光，还是微弱的黄光等都为准确定位这部影片的基调打下了坚实的基础。"[1]

《在劫难逃》中几乎所有的案件发生场景都运用了明暗交错的光影，烘托了紧张气氛。案件被害人往往身处明暗的交界处，凶手在黑暗中出现并实施犯罪。例如，停车场内，李澜前方的灯光凸显背后黑暗，暗示凶手来自身后；付吉亮面向灯光喝下迷药，凶手在黑暗中默默观看；乔昕在车内看着前方的道路，凶手从后座缓缓起身。而警察进行侦查时，大多都是身处明亮之处，过程清晰明了，给人更加直观的观影体验，凸显犯罪剧情的紧张和压抑。

另外，光影的方向能够将观众的注意力聚焦到画面的某一点，通过光的强弱对比，更好地塑造人物心路历程。赵敏找张海峰协助，光从赵敏身后照到瘫坐的张海峰身上，和之前张海峰在黑暗中形成强烈的反差。而这一场景对张海峰人物的层次感进行塑造，即人物身为警察的责任感和受到打击的挫败感。此外，光线的角度也可以隐喻故事发展走向，设置悬念。例如，在一片黑暗中，张海峰在亮起微黄灯光的钟表店门前拿起女儿的手表，其中的隐喻可以理解为女儿是主人公生活的希望，钟表店和手表也在暗示时空穿越可以修复主人公的心理创伤。

（三）场景的色彩

"色彩是美学形态中具有鲜明特色并有具有较强魅力的表现元素之一，是一种被灌入了审美意识和审美经验的关键手段，对文本的气氛、节奏和语境等进行再次创造，并与'特定'空间形态展开浓烈的视觉表意效果。"[2] 网络剧往往以其创造情节与真实社会的切合点，结合具体的故事内容，发挥色彩对视觉的作用，对影视作品的悬疑气氛进行衬托。

---

[1] 孙维朕：《论影视 CG 角色造型的特征化》，南京航空航天大学 2012 年硕士学位论文。

[2] 徐盈婷：《悬疑类型电影的场景空间造型设计研究》，载《电影评介》2016 年第 16 期。

《在劫难逃》整体偏向冷色调，即以绿色、蓝色、紫色为主，与电视剧的情感基调相符。该剧的叙事手段以公安机关侦查破案和回忆拼接为主，冷色调的处理更好地表现了警方人员冷静理智的推理过程。例如，在案件调查中，人物的服饰多是浅蓝色、墨绿色等，披露了人物的冷静理智。而当嫌犯与警方进行对手戏时，人物往往身着黑、白、蓝等深沉严肃的颜色，渲染压抑的气氛，将观众的目光吸引到人物的表情变化和言语交锋中。例如，张海峰在与赵彬彬进行对话时，张海峰分别穿着黑色夹克、灰色外套等，赵彬彬身着白色医生服、黑色外衣等；赵敏和贺胜杰在进行调查询问时分别穿着黑色、蓝色等衣服，被询问人的衣服也多是黑色、白色等。并且，环境和建筑形成了冷色氛围，笼罩着整个网络剧的叙事，给人压抑感。影片中的天空或是灰蒙蒙或是下雨，隐喻着不祥的事物。

此外，该剧在较少的片段中运用了暖色调。如张海峰回忆女儿生日时，温暖的橙红色调让画面更加温馨。此刻的暖色调，表露了张海峰内心最渴望的生活，凸显女儿是维系家庭和睦的关键。赵彬彬家中的红色花朵在周边灰暗环境中显得十分突出，隐喻赵彬彬内心守护着重要的东西。而张海峰在第一次穿越回到河粉店，发现厨刀不见了，红色灯光笼罩着人物，通过强烈的视觉冲击，衬托人物心理的激动和剧情的高潮。冷暖色调的相互搭配，不仅给人视觉的享受，同时暗示影片人物都在追寻希望。

三、穿越情节的设定

影视作品中穿越的情节已经不算是一种令人眼前一亮的设计了。国外有经典科幻电影《回到未来》、商业大片《复仇者联盟3》，国内较早的作品有《寻秦记》，以及近几年火热的《步步惊心》《庆余年》等。影视中的主角一般在经历死亡或通过高科技设备，保存记忆穿越其他时空或回到生前的某个时间点。而影视作品中存在一种特殊的穿越情节设定，即一个人多次穿越到过去某个时间点或不同的时间点，成为推动故事发展的人物，试图影响事物的发展轨迹阻止未来，典型影片有《蝴蝶效应》中主角多次回到自己的童年，改变曾经做错的事；《源代码》中主角反复穿越到恐怖袭击之前的八分钟，查清恐怖分子的身份。穿越情节作为《在劫难逃》的主要叙事策略，作用于剧情演绎、悬念提升和主题升华，给观众独特的观看体验。

（一）重复时空中的剧情变化

电影大师霍华德·苏伯说过，"重复是艺术最有效的工具之一。"多时空影视作品能更加精巧地运用重复叙事方式。例如，《明日边缘》《源代码》等，都在影片中运用重复叙事的手段。重复叙事方式摒弃了传统的、依靠单一时间线进行直线叙事，采用多个时空视角将故事进行碎片化重组，让观众对虚构世界认知加深，并形成跌宕起伏的剧情。在《在劫难逃》中，主人公张海峰进行了三次时空穿越，形成了四个不同的时空。第一次穿越回溯到李澜被杀几分钟前，第二次穿越到两年前，第三次穿越到故事的源头。在每次李澜、付吉亮等人遇害后，警方通过不断重复侦查程序，接续调查过程，最后完整地向观众呈现故事的来龙去脉。张海峰在拥有未来的记忆后，能够确定被害人和犯罪嫌疑人，明确侦查方向，最后查明化工厂、孤儿院是串联所有人的关键。

在多时空中，张海峰作为场景中的不确定因素产生蝴蝶效应，使剧情的发展偏离原有的脉络，更加凸显故事的戏剧性和曲折性。张海峰在第一次穿越后，意识到自己的刀被作为杀人凶器，便马上查看，而在他转身的瞬间，刀被偷走，这个极富有张力的场面带动了观众的情绪。在其跑到凶案现场后，对凶手进行追逐无疑改变了后续的事物，如付吉亮被杀变成被绑架。同时，多时空对故事走出悲剧循环提供转机。张海峰最后一次穿越到赵彬彬和孙晓萌在孤儿院的时候，避免两人走向歧途。《在劫难逃》的多时空形成分段式重复叙事，使剧情的演绎更加富有条理性，人物冲突和矛盾激化设置更加合理。

（二）穿越时空的悬念丛生

"在希区柯克的电影中，牵动观众的核心情节往往是一个秘密，观众的心理随着这个秘密的延展而剧烈波动，等待最终揭露秘密。"[①] 影片会围绕着这个关键要素制造许多悬念，让人更加主动地进行逻辑推理和大胆

---

① 张吉：《希区柯克的电影悬念及心理空间建构》，载《电影文学》2015年第10期。

猜想。《在劫难逃》中第一集告知观众杀人真凶的身份,使人好奇凶手的杀人动机,跟随镜头等待真相揭晓。而张海峰第一次、第二次穿越的时空中,对第一集中的人和事物进行更加细致地刻画,呈现更多的线索相互交织而制造悬疑场面。如张海峰得知被害人都与化工厂有关,但是杀人凶手赵彬彬的人生轨迹里却没有和化工厂接触的痕迹,给人一种强烈的疑惑感——赵彬彬的目的到底是什么。

并且,穿越时空更能展现出限时营救的紧迫感。《源代码》和《罗拉快跑》都是在有限的时间内,主人公争分夺秒地行动,对他人进行拯救。《在劫难逃》中也存在相同或相似叙事空间内,张海峰对被害人营救和挽回家人。他在第一次穿越后,先试图阻止李澜被害,接着马上派人保护乔昕;在第二次穿越后,得知女儿去爬山,迅速赶到其身边防止意外发生,知晓杜朝阳与化工厂案子有关,又赶紧派人保护。在这几段内容的描述里,大量移动镜头展现更多的细节,让人紧张之后产生更多的联想。

时空交错还营造出虚实之间模糊不清的氛围,结合紧凑的剧情在解释悬念基础上延展出新的悬念。《在劫难逃》中除了展现穿越的时空,还将现实片段放在每集开头,与后面剧情进行衔接,同时剧中穿插人物的回忆。不同时空片段相互交错,情节相互对应,阐明情节变化又引出未知的线索。比如,第九集片头播放赵彬彬与养父关系,而张海峰调查出双方不和之后,发现他们与被害人没有任何联系。

(三) 穿越情节表达希望的拯救

《正法念处经》卷七之偈曰:"非异人作恶,异人受苦报;自业自得果,众生皆如是。"即众生的生死轮回皆有因果关系,前因主导着后果。《在劫难逃》整体表现出过去的点点滴滴直接对应未来人物性格、事物发展。首先,凶手赵彬彬和孙晓萌都有着不幸的童年。孙晓萌将家庭不幸归因于张海峰和与化工厂事件有关的几个人,而她成为赵彬彬的心灵支柱,导致赵彬彬成为其杀人工具。其次,付吉亮、李澜等人由于先前犯下罪恶,并在现实中没有及时改正,最终落入凶手设置的陷阱。最后,张海峰忽视家庭,致使其失去女儿,对妻子怀有深深的愧疚。

对于如何拯救剧中人物的人生,穿越情节的设定除了起到圆满结局的

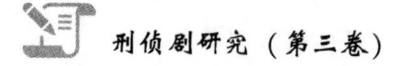

效果之外，更警醒世人：过去无法改变，要把握现在。《在劫难逃》第一次穿越的时空中，赵敏见到张海峰说的第一句话是："没钱理发跟我说，我借给你。"除了表明张海峰保留记忆穿越，似乎隐喻人物的命运在劫难逃。第二次穿越的时空中，张海峰再次在街头遇到四名喝醉酒的人，他对着其中一人怒吼，披露出人物面对命运不可改变的深深无力感。最后的剧情中，张海峰在知道一切都是虚幻后，还是进行了时空穿越，弥补自己犯下的过错。他挽救了别人的希望，也完成了自我救赎。

结　语

《在劫难逃》作为悬疑刑侦推理剧，通过新颖的穿越情节设定，对侦查措施的运用过程进行详细展示，通过多时空场景交替呈现更浓厚的悬疑氛围。同时，反复地切换侦查措施和场景提升了穿越情节戏剧性的效果，形成了独特的叙事结构。该剧中这几个元素相互建构，给予了观众观赏性体验，也为未来中国网络悬疑推理剧的发展提供了一种新的选择路径。

《法医秦明》第一季和《CSI：Crime Scene Investigation Season》第一季叙事内容比较

周铠明[*]　徐吕子[**]

摘要：随着悬疑剧《隐秘的角落》的爆火，刑侦剧《无证之罪》《白夜追凶》《法医秦明》等点播率也有小幅度的提升。这类刑侦剧、悬疑剧通常会直指任何文明都不可避免的刑事犯罪的根源。刑侦剧、悬疑剧因剧情跌宕起伏，引人入胜，其曝光率相较于其他类型的电视剧高，从而能够让观众聚焦剧情背后所体现的社会问题。这种观众的聚焦一旦出现，便能引发对这类社会问题的思考。叙事学理论发源于西方，以形式主义批判而闻名于世。近年来，随着全球化浪潮的推进，它已逐渐成为充满活力且风行各地的学术思潮之一。[①] 在此背景下，笔者将基于《法医秦明》第一季（以下简称《法医秦明》）和《CSI：Crime Scene Investigation Season》第一季（以下简称《CSI》），尝试采用比较分析法，从情节设置和人物设置两个角度阐释两部刑侦剧在叙事内容上的异同。

关键词：刑侦剧；法医秦明；CSI 犯罪现场调查；比较分析法；叙事内容

---

[*] 周铠明，西南政法大学刑事侦查学院本科生。
[**] 徐吕子，通讯作者，法医学博士，西南政法大学刑事侦查学院讲师。
[①] 冯一鸣、彭妍妍：《影视传播的形态与叙事系统》，载《艺海》2015 年第 6 期。

一、情节设置分析

（一）案件过程的推动力

我国刑侦剧在叙述破案过程中遇到的困难往往来自案件本身。随着社会的发展和科技的进步，犯罪手法呈现多样化，但是由于过去几十年西方文化对国内文化的势差影响，编剧往往低估国内刑事科学技术的发展水平。为推动剧情发展，国内的刑侦剧有时会描绘一个顿悟的情节，如《法医秦明》在染血的火车票一案中，秦明从死者弟弟在房间泡饼干的举动中观察到被浸泡的饼干和未被浸泡的饼干呈现两种不同的状态，由此联想到死者尸体呈现的两种不同的腐烂程度可能是由于尸体一端被池塘的水浸泡所导致。

而且，国内刑侦剧往往也会刻画一个内心责任感和使命感极强的警察，他夜以继日，废寝忘食，有家不能回，有饭顾不上吃，牺牲自我，连续加班，勤勤恳恳地找每一位可能提供线索的知情人问话，不放过任何一条细微的线索，为最终的破案提供保障。正如《法医秦明》中的刑警队大队长林涛，虽然对破案不起主要作用，但常常在日常的、简单的侦查工作中做到极致，如各种知情人的问话、线索的排查，正是因为有他细致的工作，在需要询问案件相关情况时才能问有所答，提供破案的可能性。但由于日常工作的繁忙，林涛很少能正常时间下班，经常要加班加点忙案子，没有时间陪女朋友，只能通过电话联络感情，最终导致分手。

与此不同的是，在大多数美剧中，案件虽然看似也很棘手，经常缺乏重要线索或者出现难以解释的线索，但经过侦查人员的侦查实验往往都迎刃而解。例如，在《CSI》第五集中，案发现场血迹极其混乱，墙上、天花板上、地板上都有血迹存在，而墙上的血迹又出现了断层现象。经过侦查员尼克的拉线法血迹分析，确定了死者先后在站立状态和仰卧倒地状态多次遭到击打，墙上断层血迹的成因是案发现场有第三者存在，第三者目睹了案发过程并隐瞒了犯罪人犯罪的事实。与国内刑侦剧相反，美剧的编剧通常高估美国的刑事科学技术水平，给剧中的侦查人员留有充足的私人时间，让侦查人员能够恋爱、工作两不耽误。例如，《CSI》第十八集，女主角凯瑟琳甚至在破案过程中，还和请来的专家眉来眼去，最后两人还成为了男女朋友。这种不合理的私人时间的刻画，在表面上高估美国的刑事科学技术和破案人员的能力，实际上传递的是美国主流意识对个人私权的重视——哪怕案件再紧急，也不能侵犯个人的时间。男主角葛里森虽然与传统美剧主角形象不同，被塑造成一个痴迷工作的形象——即便是休假期间，他也在实验室研究法医昆虫学，加深自己对各类昆虫生长规律和习性的了解，以便更准确地推断死亡时间和地点，实际上仍然反映的是葛里森对私人时间的自我掌握。

中美刑侦剧除了破案方式的呈现和人物形象的塑造有所不同以外，在推动剧情的外部因素方面也有不同的呈现。美剧可能会描述一个由社会矛盾诱发的应激性事件来促使破案人员加快破案进程，如美剧《Lie to me》第一季第二十一集中，一位对政府不满的农民带着一箱子谎称是炸弹的玉米到政府大楼下"请求"公平待遇；或是描述一个采用"出格"手段进行刑侦的侦查人员来加快破案进程，如《CSI》第一集中，沃瑞克因为证据是否足够发布搜查令与警长发生争执，越级找到法官发布搜查令。由于两国之间政治制度的差异，这种推动剧情发展的方式在国产刑侦剧中是几乎不可能出现的。

在本文所比较的两部剧作中，由秦明和葛里森严密的逻辑思维作为引导，将侦查人员破案的故事和犯罪分子犯罪的故事交叉组合在一起，充分利用二者之间的矛盾和冲突来吸引观众的视线。正是基于这种形式，观众在观看剧集时，一边赞叹西方对公民的私权保护、羡慕其时间自由，一边赞叹身边平凡且高尚、无私为人民奉献的人民警察，也提醒着现实中的警务人员，应该注重逻辑思维能力的培养，增加对现场的敏感度，正确看待技术的辅助性能，而不是一味依赖监控。

（二）破案过程的曲折性

刑侦剧主要体现的就是犯罪中警与匪之间二元的对立，侦查、推理过程则是这一二元对立延展的关键。在美国刑侦剧中，侦查结论的最终确定往往都与关键性证据密不可分，各类尖端的刑事科学技术应用到美国刑侦剧中，层出不穷。据不完全统计，《法医秦明》运用到的技术有：解剖技术、DNA 检验技术、血迹分析技术等；《CSI》运用到的技术有：DNA 破裂检验技术、鲁米诺试剂检验技术、声纹鉴定技术、血迹分析技术、脊髓液分析技术、指纹鉴定技术、笔迹鉴定技术、物质成分分析技术等，还涉及解剖学、弹道学、犯罪危险因子学、法医昆虫学、法医人类学、犯罪地图学等。美国刑侦剧中那些让人眼花缭乱的刑事科学技术甚至影响到了现实生活中高中毕业生对于大学专业的选择，让物证技术专业、刑事科学技术专业成为综合性大学的热门专业之一。美国刑侦剧的影响也成为笔者选择刑事科学技术专业的潜在因素。但笔者个人认为，刑事侦查的关键不应该是刑事科学技术，纵使在刑事侦查中证据的重要性是毋庸置疑的，但这不应该成为技术崇拜的理由，刑事侦查人员才应该是刑事侦查中关键的关键。由于刑事侦查技术的保密性，在我国刑侦剧体现的侦查过程中，案件的逻辑推理往往才是全剧叙事的重要内容，而不是高科技的新型技术。

　　我国目前的刑事科学技术水平是不弱于美国的，但在剧中的体现则是，《CSI》侧重呈现让人目不暇接的各种尖端的侦查辅助科学技术，而《法医秦明》则更侧重于侦查人员对现场的敏感度和严谨、发散的思维能力。以《法医秦明》第五案为例，法医秦明在进入现场后发现除了目击者以外只有一排单向的脚印，也就是说罪犯只留下了进入犯罪现场的痕迹，离开犯罪现场的痕迹却凭空消失了，但从受害人体表情况来看，明显不可能是自杀。而秦明却敏锐的观察到侦查人员进入现场时，在小水坑中留下的脚印正在慢慢变浅，从而推断出足迹的消失是巧合事件，进一步确定了受害者是被害而不是自杀。如果按照美国刑侦剧所体现的破案逻辑，办案人员一定会利用一切适用于现场的高科技辅助手段，对现场所有的物证逐一化验分析，模拟案发时可能出现这类状况的情形。上述现象体现出中国编剧在编写剧本时更多是从角色本身出发，通过降低侦查技术来体现角色本身的高明之处；而美国编剧基于美剧在对外市场上一直以来的良好表现，在编写剧本时更在乎外界对美国本身制度和刑事科学技术水平的看法，因此在描述破案过程时更多地体现了侦查方法的运用和侦查人员对案件的从容不迫、游刃有余。

　　在《法医秦明》第一案中，更是如图 1 所示采取了倒计时的方式来

主题研讨（二）：网络刑侦剧现象解析

推动故事发展。

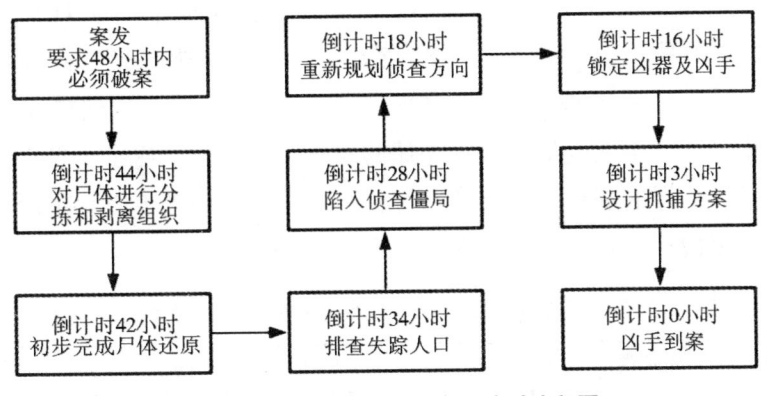

```
案发                倒计时18小时          倒计时16小时
要求48小时内    →   重新规划侦查方向  →   锁定凶器及凶手
必须破案                                       ↓
   ↓                    ↑                 倒计时3小时
倒计时44小时         倒计时28小时          设计抓捕方案
对尸体进行分    →   陷入侦查僵局              ↓
拣和剥离组织            ↑                 倒计时0小时
   ↓                                       凶手到案
倒计时42小时        倒计时34小时
初步完成尸体还原 →  排查失踪人口
```

图1 《法医秦明》第一案倒计时流程图

在第一案的背景设定中，由于案件发生在闹市区小吃街，民众关注度比较高，再加上犯罪分子手段极其残忍，对受害人尸体进行分尸、烹饪，严重影响到了市民的安全感，甚至会引起社会恐慌，因此破案小组被要求在48小时内必须破案。在对这一集进行叙述时，情节紧扣时间线，画面中不断呈现跳动的倒计时，让观众深刻体会到侦查人员巨大的压力。倒计时44小时，秦明与法医助理李大宝回到警局分工处理尸块，对其进行剥离组织和尸体还原；倒计时42小时，二人初步完成尸体还原，对犯罪分子分尸的手法有了初步的了解，但从尸体的还原情况来看，尸体大的尸骨都还缺失，结合知情人员的口述，二人同刑侦队大队长林涛在下水道打捞剩余尸块；倒计时34小时开始排查失踪人口；倒计时28小时发现侦查方向错误，陷入僵局；倒计时18小时重新规划侦查方向，通过集思广益排除了强杀和仇杀；倒计时16小时，确定杀人工具，并锁定凶手职业；倒计时3小时，确定凶手，并设计抓捕方案，实施抓捕；倒计时0小时，凶手抓捕到案。从开始抓捕到凶手出现，先后出现了三次凶手拖着凶器大锤子走路的特写镜头，与侦查人员在屋内勘查的镜头交叉剪辑，通过观众喜爱的逃跑追捕的戏码，将行凶过程的画面进行轻微黑白暗色调处理，营造了严肃、紧张的氛围，直至犯罪人员最终落网，圆满的在48小时内破案，画面变得鲜亮明艳。

（三）破案手法的差异性

由于所处的法律环境不同,《法医秦明》团队和《CSI》团队对于不同证据的重视程度有所差别,因此破案手法也就有所差异。在《法医秦明》第二案中,有人报案在偏僻湖边发现一具无头男尸;同样在《CSI》第四集中,两个垂钓爱好者发现小船的螺旋桨被卡住,捞出一看是一条女人的大腿。一样的环境,相似的案件,两个团队却如表1所示采用了不一样的侦查手段。

表1 《法医秦明》与《CSI》采用侦查手段对比表

法医秦明	CSI
勘验现场、提取物证	勘验现场、提取物证
打捞尸体、带回解剖	打捞尸体、带回解剖
提取胃内容物	确认尸源
排查被害人可能工作地	询问知情者相关情况并采集其DNA样本
确定尸源及其相关信息	通过DNA对比排除嫌疑
找知情人了解情况	勘验尸体尸表情况
找被害人亲属了解情况	提取胃内容物
走访被害人工作单位	讯问嫌疑人
讯问嫌疑人	通过侦查实验还原案发现场
复检尸体	走访现场寻找失踪物证
确定凶手	通过侦查实验确定案件性质

从表1中可以看出,首先,中美两国警方在发现尸体后的第一步都是确定尸源,不同的是中国警方更偏向于通过走访案发现场周边人士询问了解尸源信息,而美国警方更偏向于从尸体出发了解尸源信息。其次,中国警方了解案件情况更偏向于走访调查,再结合尸体反映的信息确定或排除嫌疑人;而美国警方则是偏向于根据尸体情况及现场情况,通过侦查实验来还原现场,进而确定或排除嫌疑人。总的来说,《法医秦明》团队对于口供的重视程度是高于《CSI》团队的,而《CSI》团队对于物证的重视程度是高于《法医秦明》团队的。这背后蕴含的其实是沉默权的问题。

美国联邦宪法第五修正案中规定,"nor shall be compelled in any criminal case to be a witness against himself",即(任何人)不得在任何刑事案件中被迫自证其罪;而《中华人民共和国刑事诉讼法》第一百二十条中规定,"犯罪嫌疑人对侦查人员的提问,应当如实回答"。从这两条法律可以看出,美国公民享有沉默权,有权不提供口供,因此警方只能更偏向于物证的搜集、分析来证明犯罪事实。而在中国,公民是否享有沉默权这个问题学术界还存有争议,但人们听到更多的是"坦白从宽,抗拒从严",中国更注重教导犯罪分子认识到自己的错误,主动坦白犯罪事实,好好改造,重新做人,因此,中国警方更偏向于口供的收集。

在现实警务中,由于中国天眼的运用,中国警方运用到监控的次数明显多于美国警方,这虽然有利于破案,但也导致部分警员过于依赖监控。而美国由于更重视隐私的保护,公共监控相对较少,因此只能将重心放在物证上,而不是人证上。正如电视剧《无证之罪》中骆闻所说,凡涉及人的,都有可能说谎。因此,现实中的警务人员,更应该注重逻辑思维能力的培养,注重对物证关注度的提高,注重对监控依赖的摆脱。

二、人物设置分析

无论是文学作品、戏曲艺术,还是影视剧作,要想获得好的口碑,人物的塑造就一定要真实、饱满,这样才能让读者、观众进入艺术作品所描绘的场景中,做到身临其境不出戏。不能像某些劣质的网文作品一般,人物、情景过于"为主角服务",不能超脱出基本逻辑。对于角色性格的塑造、行为的体现都要有所依据,不能因为剧情需要让冷酷、不善于社交的角色一瞬间变得热情、八面玲珑。本文所比较的两部剧作就塑造了一群真实、饱满的人物,无论是主角还是配角,都有其合理的性格特点,其性格特点对剧情发展起到了一定的推动作用。例如,《法医秦明》的主人公秦明家世不幸,父亲在他七岁生日当天坠楼而亡,还被污蔑成渎职犯,母亲在生活的长期压迫之下也郁郁而终,因此秦明孤僻、冷酷、不近人情。也正是带着了解父亲坠楼之谜的执念,秦明选择了法医这一贴近刑侦的专业并把它转化成自己的职业;《CSI》对主人公葛里森的家庭背景没有全面地描述，但在第九季中葛里森变得耳背，葛里森看医生的情节提到他是遗传性听力障碍，随着年龄的增长葛里森会和他母亲一样失聪。从这个小细节可以看出他是由聋人母亲抚养长大的，因此性格较为孤僻。从以上简单对两部剧作主人公的介绍可以看出，直接用图像的形式、结合台词将人物形象灌输到观众头脑中，把人物性格塑造得更加精准，观众们在观影时才能更好地理解角色做每一个行为、动作的原因，不会出戏。近年来，无论是中国还是美国的刑侦剧，无论是主角还是配角，都更能让观众体会到编剧在人物塑造上的用心。本文所选取的两部剧作的主人公一个是法医，通过解剖尸体、还原逝者生前所遭遇的情景，为侦查人员提供证据、找到线索、指明方向；一个是传统意义上的警察，夜班组长，通过自己多年的破案经验、缜密的思维逻辑和强大的实验能力，替被害人出头，让加害者颤抖，在黑夜守护人民的安全。巧合的是，两部剧作都由真实事件改编，且主角性格相近，也都信奉一句话，"死人能说话"。

（一）优缺兼顾的男主设定

近年来，国产刑侦剧，无论是《法医秦明》《白夜追凶》，还是《无证之罪》，男主的塑造都存在优点和缺点两面，不像以前"完人"的男主形象设定，因此也就显得更加"接地气"，更像一个有血有肉的人。帅气的外表，工作时认真负责的模样，缝纫衣服时熟练的动作，讲解自己专业时的自信，让秦明这个角色收获了很多"迷妹"。但他同时也冷酷、不懂社交，除了林涛以外没有朋友；也稍缺"人间烟火气"，在吃小龙虾时，他也拿出自己的解剖刀，戴上橡胶手套，对龙虾进行解剖。《CSI》的男主设定也不同于传统美剧，相较于《Lie to me》的莱特曼那样符合"美国梦"的孤胆英雄，葛里森更像是一个平平常常的中年人，也会随着年龄的增长而发福、耳背，也更加依赖团队的配合。当有新探员入职时，他会把她带到自己的昆虫培育室给她小小的考验，也会安排自己信任的探员带她到勘验现场；当小组内有升职机会时，他会鼓励探员良性竞争，从优中选优；当探员的女儿生日时，他会用心准备礼物；当组员被质疑时，他会站出来力挺自己人。这些行为让这个看起来平平无奇的中年男人深受观众们的喜爱。

在优缺点兼顾这一点上，两部剧集的编剧都做得很到位，但也有些许不足。《CSI》中对角色家世的描写很少，不是列文虎克般的观众很难发现其中片段、细节体现的角色的背景介绍，如前面提到的葛里森的母亲是位聋人。而在《法医秦明》中，秦明这一角色的塑造更加圆润，整部剧通过看似不相关的一桩桩案件的发展，很自然的交代出秦明的家庭背景，包括父亲的坠楼及被污蔑，包括母亲的郁郁而终，也由此透露出秦明怕雨天的原因是童年阴影。但秦明这一角色的塑造也有所不足，为了让秦明一门心思扑在工作上，引出后面对后槽牙案件的调查，编剧剥夺了他的家庭和社交，没有父母、没有兄弟姐妹，也没有爱人、没有朋友，这使秦明这个角色少了一些"烟火气"。

或许是受传统思维的影响，每当人们提起警务工作人员时，想到的总是正义、法律、规则、冷酷。因此即使两部剧作在角色的塑造上做到了生动形象，也能表现其出优点、缺点兼顾的一面，但还是没有跳脱出将其神话的框架，每当案件进行不下去的时候，第一个站出来提供侦查思路、指明侦查方向的一定是主角秦明和葛里森。虽然观众并不排斥诸葛孔明般料事如神、福尔摩斯式聪慧过人的人物形象设定，但也一定要建立在现实情况的真实性上，如果一味追求主角的神化，过度强化主角的能力，放弃了剧情的真实性，就得不偿失了。失败的案例有很多，正如抗日神剧中"徒手撕鬼子""裤裆掏手雷"的剧情，这样无敌的设定不仅不能引起观众的喜爱，还是对现实的抹黑、对浴血奋战的先辈们极大的不尊重。因此，在人物的塑造上一定不能抛弃真实性，要尽可能地追求艺术与现实的平衡，只有这样，刑侦剧才能做到可持续发展。

(二) 理性勇敢的女性角色

在刑侦剧中，女性角色的设定往往都很理性、勇敢，且对真相的追求十分执着，如《白夜追凶》中的法医高亚楠、警员周舒桐，《无证之罪》中的刑警队队长林奇，她们理性冷静，也敢于和恶势力作斗争，在专业上有自己理性的判断，不依赖男性，也得到了男性的尊重和认同，深受观众们的喜爱。

《法医秦明》中的女性角色李大宝，痕检科科员，在面对走丢的小孩时，她及时伸出援手，将小孩送到派出所，体现出母性的光辉；在面对秦明的质疑时，勇敢发问，"有什么活是男的能干，女的干不了的"；在分析尸块对应身体部位时，动作娴熟，且工作进程很快，还能扩展性地分析出凶手处理尸体所用的可能工具及处理尸体可能的地点，体现出极强的业务能力。她也有俏皮的一面，会背着秦明做鬼脸，偷偷移走秦明即将落座的凳子。大宝对自己的工作不仅有足够的热情，也有相当的经验。在塑造角色时，编剧还赋予了她极其灵敏的嗅觉，按秦明的话说，"嗅觉发达，人形警犬，不错"。大宝的这项能力对于剧情的推动起到了相当大的作用。在大宝的身上，我们还能看到传统职业女性不得不面临的工作与家庭的选择问题，剧中多次出现大宝相亲的场景，但由于男方对法医的偏见，她的相亲都不了了之。

《CSI》中的女性角色凯瑟琳是个聪明且积极向上的人，她的人生充满了戏剧化，她出生在一个小农场，在一所众所周知麻烦多多的高中毕业以后，迫于生计在夜总会当脱衣舞娘，虽然这是一份来钱快的工作，但是她也并没有因此沉沦，她内心迫切希望能够读大学，在经常光顾她身为舞女所在俱乐部的警察和犯罪学家的鼓励下，她开始从事法庭科学的工作，后来在LVPD探长吉米的鼓励下学习了犯罪科学，在导师的帮助下加入了葛里森的小队。随着事业的红火，她的个人生活变得一团糟，丈夫的不忠让她下定决心离婚，但还是如同职业女性一样面临着工作与家庭不能兼顾的问题，剧中多次出现她女儿抱怨妈妈没时间陪她的场景，也多次出现前夫和她争夺女儿抚养权的场景。凯瑟琳也算是一个富二代，她的生父是夜总会大亨，在逝世后给她留下了一大笔财产，但凯瑟琳并没有因为一夜暴富而忘掉初心，依旧在自己的岗位上兢兢业业。《CSI》中的另一位女性角色萨拉与凯瑟琳的经历完全相反，她学历极高，根正苗红，毕业于哈佛大学物理系，原本在旧金山的验尸与犯罪研究室工作，之后被葛里森挖到了拉斯维加斯。她的性格也与善于交际的凯瑟琳完全相反，她十分不擅长与人接触，甚至到了孤僻的境地，没有朋友，只能用工作来麻痹自己。

编剧在塑造这些女性角色时，往往都赋予她们逻辑严谨、心思缜密、积极向上、敢于同恶势力作斗争的特点。正是拥有了这些特点，这些女性角色在面对案件时才能及时发现细碎的线索，提出对案件独到的见解，起到对剧情发展的推动作用。但同时，编剧又赋予她们母性的光辉，让她们在面对受伤害的弱势群体时能充分发挥自己的亲和力，使角色更加圆润、真实。

（三）人性尚存的犯罪分子

在近几年的刑侦剧中可以发现，犯罪分子不再是单纯为情节服务、行为错误、思想错误的纸片人物，他们在剧中往往被塑造成因家庭背景、生活所迫或其他原因，无奈犯罪的人，在表现罪犯这一角色的同时，更加富有人性。刑侦剧对犯罪人员的刻画也清晰地反映出一个社会问题：我们应该如何看待那些在人生中有污点的犯罪人员？他们固然有错，但错与错之间还是应该有所分别，由于制度的欠缺和人性泯灭而导致的恶，是否该由犯罪分子一人来承担？欠缺的制度是否应该修改？应该如何修改？纵使这些刑侦剧没有给出也没办法给出答案，但这毋庸置疑是值得我们大众思考的问题。对刑侦剧的导演和编剧而言，对犯罪分子形象的塑造不应该以激起观众愤怒为目的，而应该出于人文关怀，用一种相对比较温和的方式来提醒观众，要防微杜渐，谨防悲剧重演，这才是刑侦剧叙事的社会意义所在。

《法医秦明》第三案中叙述了一个爱错方法的故事，爱做慈善的集团老总哥哥杀死了对母亲不孝的弟弟，只为了将他的心脏移植给自己，好延续自己的生命照顾病床上的母亲。其实哥哥对弟弟并不了解，他眼中的弟弟一无是处，脾气暴躁，对母亲很不孝顺，哥哥对弟弟只是一味地给予金钱资助，却并没有真正给他心理上的疏导。当哥哥得知弟弟自己砍掉尾指从此不再赌博时，开始后悔自己的行为。虽然哥哥做了非常多的慈善，但他其实才是最需要帮助的那个，一味地付出让他忽略了身边本该最为亲近的弟弟，盲目的自信也让他忘了自己并没有权力决定别人的生死。导演在叙述哥哥被抓捕时也充分体现了人文关怀，队长林涛便服出镜，随行警察门口守候，林涛还善意地谎称和哥哥去外地谈生意，安慰病床上的老母亲。这种温和的方式值得后来的刑侦剧模仿和延续。

《CSI》第四集中叙述了一个被爱冲昏头脑的故事，丈夫了解到妻子在和情人约会后死亡，便来到情夫家用手枪射杀了他。而探员分析出女人其实死于一场意外，在乘船回家的途中，小船的汽油烧光，女人企图发动小船，不小心落水被螺旋桨绞死。导演在叙述这个故事的时候并没有让丈夫剃成平头，穿上黑白条纹囚服，在四面冰冷的监狱里讲自己的内心独白，而是给刚刚枪杀完情夫，坐在单人沙发上试图平静自己内心的丈夫一个镜头，当听到警探上楼后，他胸腔起伏的特写表明他并不平静，他背对着警探说道："他杀了我的妻子"，当得知妻子死于一场意外时，他一脸震惊，嘴唇颤抖，眼眶瞬间有泪水充盈，至此，剧情戛然而止。一系列关于丈夫的特写镜头足以表达他当时的心情和感受，导演的拍摄也丝毫没有歧视性，柔和的光线、平视的镜头，用无比质朴、柔和的方法把凶手塑造成一个对妻子爱的极其深刻的普通中年男性，戛然而止的剧情给人以沉重的反思。

在 2016 年上映的美剧《罪恶之夜》中，无辜受罪的男主在监狱中慢慢向罪犯妥协，虽然最后被释放，但是他在经历了监狱中的一系列事情后，逐渐变成了一名拥有"罪犯特质"的"良好市民"。这不禁让人反思，是惩罚犯罪更重要和还是保护人权更重要。正如《我们与恶的距离》呈现的那样，有时候"恶"是相对的，可能你认为的"善"对别人来说是莫大的"恶"；而你认为莫大的"恶"之中，可能还蕴含着"善"。

（四）各有特色的群像配角

在剧作中，每一个人物都有他独特的作用。即使是配角，编剧可能没有描绘他整个的生命历程，展现给观众的只是他漫长人生中的一个节点，但也应该尽可能用短的镜头来呈现他作为一个活生生的生命做出这些行为的背后原因，使配角更加圆润、更加生动饱满。自古绿叶衬红花，红花要想出众，绿叶的衬托尤为重要。一个艺术作品，如果配角是一个扁平式的人物，不能呈现给观众立体、生动的形象，即使主角塑造的足够饱满、出众，也很难获得好的口碑。在本文所比较的两部剧作中，即使是配角也能展现给观众一个活生生的生命，让观众能理解他的喜怒哀乐，理解他做出在我们看来荒谬的行为的原因。

《法医秦明》中的美女老板娘池子应该是最让人印象深刻的配角了，

主题研讨（二）：网络刑侦剧现象解析

她表面上温和善良，背地里却是一个心狠手辣的偏执罪犯。警察在她的婚礼现场带走了她的杀人犯丈夫，她的爸爸因为承受不住打击突发脑出血而死，一天之内，池子痛失两个最亲的人，她把这一切归因于秦明。她花了四年的时间一步步接近秦明；她在幕后操纵着多起后槽牙案件；她用秦明捐赠的造血干细胞为张超治好了病，又指使张超杀人，由于张超拥有秦明的造血干细胞，因此验出的 DNA 和秦明一致，池子以此嫁祸秦明。在第一季的最后，池子更是亲自上阵，绑架大宝作为要挟，将秦明逼入绝境。对于这个全剧最大的幕后 boss，导演丝毫不吝啬自己的镜头，在最后一集，花了整整两分钟叙述池子的婚礼现场，描绘她从天堂跌落地狱的经历，其中更是给了多个面部特写镜头，让观众深深体会到池子当时的绝望，更能理解她癫狂的原因。在池子这个角色的塑造上，编剧可以说做得非常出色，被复仇蒙蔽双眼的池子表现出的癫狂和对真相的蔑视，更加体现出秦明的理智以及对真相、正义的执着追求。

《CSI》第四集中的摩尔老人为孙子詹姆斯顶罪的情节让人动容，他极力编造谎言，想让侦查人员相信交通肇事的人是自己而不是孙子，柔和的光线，明亮的色调，配合着抒情的钢琴曲。当凯瑟琳问詹姆斯：有没有家人你可以打电话来接你时，詹姆斯用低沉的语气回答，"Just two of us（我们家就我和爷爷两个人）"。仅仅四个单词就让观众了解到了摩尔爷孙俩相依为命的背景，更能理解爷爷为了刚成年的孙子不在监狱荒废青春挺身而出顶罪的行为。正如凯瑟琳所说，"我们所做的这份工作对抓坏蛋来说是一件威力强大的武器，有时我却情愿能用这武器帮助一些好人，像摩尔先生和他孙子这类人"。但也如沃瑞克所说，"必须让证据指引我们，即使有时我们并不喜欢它指引我们所到之处，这就是我们的工作""一旦和魔鬼交易，就抽身不掉了"。仅仅四分钟的片段，让我们看到了凯瑟琳的温柔和感性，看到了沃瑞克的理性和正直，看到了摩尔老人对孙子的爱，正是这些简单的片段，一个个组合起来，让人物变得圆满、生动，更加贴近生活。结局也没有让摩尔老人承受这一切，凯瑟琳和沃瑞克在肇事车辆上找到了充分的证据证明肇事的是詹姆斯，詹姆斯也二话不说认下了自己的罪行。虽然法律是残酷的、法条是冰冷的，但我们能从摩尔老人身上看到温暖，哪怕这是我们不鼓励的温暖，它也令我们动容。作为探员的凯瑟琳和沃瑞克也承诺在法庭上帮詹姆斯做证，这也让我们体会到执法人员的温暖。《CSI》的魅力就在这些微不足道的一句句对话和一个个动作中，无论是作为红花的主角还是充当绿叶的配角，每个人都有血有肉，充满"烟火气"。

在两部剧作众多各有特色的配角中，我们依然可以看到一些在某些方面相似的配角，如为侦查人员做好后勤保障的暖心老大布瑞斯探长和谭永明局长；为他人所利用的罪犯孙凯（第五集）、田芸（第七集）和罗拉（第三集）；由爱生恨的阮芳（第十三集）和埃米（第六集）等。这些相似的配角在剧作中往往体现出相似的作用，让观众在观看两部剧作时往往能对其作横向比较。

结　语

总体来看，作为一种专业性较强的行业剧，刑侦剧的产量并不高，但自 2015 年以来，刑侦剧的数量显著增加，一年有多部成果[①]，应当引起重视。这种剧集根植于现实社会与生活中，是人与人、人与社会、人与自身关系的直接反映。[②] 虽然讲的都是作奸犯科，但就本文所比较的两部剧而言，丝毫不见冰冷，反而处处体现温暖。从编剧不刻意偏重的人物塑造到导演一视同仁的镜头，从秦明锋利的解剖刀到葛里森器皿里的昆虫，这些温暖体现在剧组里，也体现在角色上。从目前来看，美国刑侦剧经过多年探索已经有了较为成熟的模式，中国刑侦剧在改革期的表现也是可圈可点的，从 2016 年的《法医秦明》到 2018 年的《白夜追凶》《无证之罪》都获得极大的好评。从叙事内容上也不难看出中国刑侦剧在弘扬正确的价值导向所做的努力，不逃避问题、不美化错误。希望中国刑侦剧能对美国刑侦剧取其精华，去其糟粕，将故事讲好，将人性的美好展现出来，将民族的文化瑰宝传递出去。

[①] 肖军：《嬗变·规律·价值：改革开放 40 年我国刑侦剧创作回溯与传播考索》，载《电影评介》2018 年第 22 期。

[②] 张莹：《破案剧〈别对我说谎〉与〈法医秦明〉叙事比较研究》，曲阜师范大学 2018 年硕士学位论文。

新模式下的香港警匪剧创作
——以《铁探》为例

陈湘妍[*]　肖　祥[**]

摘要：随着香港 TVB 与内地互联网视频平台合作日益紧密，为了满足内地互联网观众的多元化需求，传统港剧创作模式的调整与升级迫在眉睫。作为 TVB 的王牌类型之一香港警匪剧在应对新挑战中积极调整，其中新模式下的作品《铁探》取得了收视与口碑的双丰收。该剧主要从三个方面呈现出与往常不同的叙事策略，首先依据现实主义的要旨，在人物原型、题材类型、案件侦破等方面都体现了极强的真实感，刻画出警队真实而复杂的工作状态，蕴含积极正面的价值导向。其次在创作元素上创新，加入政治题材丰富剧作的类型，叙事的重心由破案的曲折性转移至警队破案过程中的内部斗争，关注人物的命运走向等。最后人物塑造的更立体，挖掘了人性的深度，丰富了警匪剧的思想内涵。

关键词：《铁探》；香港警匪剧；合拍片；现实题材；创新；人物塑造

自 2004 年《内地与香港关于建立更紧密经贸关系的安排》（CEPA）正式实施以来，香港与大陆两地实现资本、人才、市场等优质资源充分互补，联合融资、制作、发行与产品开发等有效运作，一路上扬发展至创

---

[*] 陈湘妍，长江大学文学院硕士研究生，研究方向为影视文学。
[**] 肖祥，长江大学文学院讲师，研究方向为媒介文艺学。

共融、市场共荣、文化共容的良好时期。① 在不同的发展时期，两地合作的"内核"也应时而变，在后现代网络媒介发达的环境中传统媒体与移动互联的结合变得尤为重要。在 2013 年优酷率先与 TVB 开始版权合作，引入大批优质的港剧，实现电视与网络双平台同步观看，网络平台内容更为多元，港剧重获大陆观众的瞩目。一年后"限外令"生效，"先审后播"机制在一定程度上影响了港剧在大陆的同步播放。为了重振影视市场，内地网络平台与 TVB 联手开启第二次尝试，在同一条影视生产链条上使双方优势资源互补、合作共赢，即衍生出一种新的合作模式——合拍剧。初始少量成功的剧集为后来的产业发展提供了宝贵经验。2017 年内地与香港合拍影视剧成果颇丰，在影片数量与质量上均有较大突破，足以证实香港与内地的影视业已构建起一个较为有效的合作机制。TVB 与内地互联网平台联系愈加紧密，对创新"新港剧"起着积极的作用，对视频网络平台在自制剧领域的发展也有一定的启发意义。

上海腾讯企鹅影视与香港 TVB 合作曾沿用"大 IP+大制作"的常态化模式，其中《使徒行者 2》《溏心风暴 3》和《宫心计 2 之深宫计》等剧作是两方合作最具代表性的 IP 剧集，但部分作品"重形式，轻内容"的不足遭到不少网友的指责。合拍剧成功的关键还是在于把好作品的质量关，不能一味地为了 IP 市场效应而忽视作品质量，并且要考虑在创作模式发生变化后如何在保护港剧的本真特色与适应内地观众口味之间寻求平衡。正如 TVB 节目及制作副总经理杜之克在上海电视节论坛上所说，"如果让香港故事能够在内地受到欢迎，从题材、演员的选择到讲故事的方向、风格等都是需要沟通的，这个沟通与学习的意识非常重要。在有了默契之后，TVB 越来越能够掌握观众口味，内地平台能够放心，我们就能更加放手去做。而在此之前，必须要先做出好的作品，有好的作品才能沟通，让观众被香港味道吸引。"警匪剧是港剧的王牌类型之一，在合拍新模式下警匪剧跳出了原有的旧框架，构建起新的叙事话语，取得了构思、类型、人物等方面的新突破。上海腾讯企鹅影视与香港 TVB 的合拍剧

---

① 张燕、张亿：《后 CEPA 时期合拍机制下港式警匪片创作观察》，载《电影新作》2020 年第 1 期。

《铁探》为非 IP 的原创作品,却在收视率和口碑上远超此前合拍的 IP 剧集。作为转型之作的《铁探》更贴合内地观众的审美、兴趣与需求,体现了港剧在原汁原味与求新求变之间的平衡。

一、取材贴近现实

近年来,很多现实主义的题材融入商业运作成功转型,商业元素与艺术审美相结合,使得影视作品既包含时下流行的时尚元素和社会热点,又让观众在观赏的同时可将个人的生活经历代入,从而引发思想上的共鸣,这类艺术性与商业化俱佳的优秀作品不断涌现。[①] 现实主义题材影视作品坚持问题导向,真实反映生活,为社会效益与经济效益相统一进行了有益探索。

合拍剧《铁探》依据现实主义要旨,无论在人物原型、题材类型、案件具体侦办等方面都表现出极强的真实感。剧中"铁探"尚埞的原型为香港督察陈思祺,他为救同袍被悍匪一枪穿脑,在手术后重返警队,侦破了一系列大案、要案。他终生受脑部枪伤后遗症的折磨,2015 年病逝后成为唯一一位非因公殉职而安葬浩园的警员。[②] 他的传奇事迹充分地展现了香港警察的英雄本色与责任担当。香港导演杜琪峰曾以他为原型创作出《无味神探》。此次《铁探》编剧团队在深入了解陈思祺督察事迹的基础上,广泛探寻因公殉职的警察事迹、密访多位卧底警察、倾听一线警察的办案细节,全方位多角度地考察香港警队的现状,在看到警察理性办案的同时也感触到警察内心感性的一面,理性与感性的结合将人物形象进一步立体化,有血有肉、真实感人以至为广大观众所接受。从前期的调查走访工作至最终的剧本成型共用了三年多的时间。全剧以现实主义的表现手法来展现整部作品,将目光汇集于警队真实而复杂的工作状态。

《铁探》以香港警队的大升迁年为故事背景,数十位总警司角逐警务

---

① 蒋海军:《商业电影如何与现实主义题材融合研究——兼论〈我不是药神〉给国产影片的启示》,载《电影评介》2018 年第 17 期。
② 王朝明:《对话〈铁探〉主创:新港剧如何求新求变?》,载《电视指南》2019 年第 9 期。

处处长之位时施展出各自的权斗手段，由此引发蝴蝶效应，牵涉到警局不同部门间的利益纠纷。各部门私吞情报、抢夺资源等复杂情形被搬上荧幕，最终从警员不同的选择和命运走向呈现出警局中较为真实的现状。以往香港的警匪剧往往重视对案件侦破工作的展现，大量的作品都与此相关，易造成刑侦剧中情节相似、叙事模式单一、结构布局简单以及侦破手法重复等问题，此外部分警匪剧中过量的打斗场面也可能使观众感到乏味。《铁探》则另辟蹊径，从题材创新入手诠释新模式下的警匪剧创作，取材贴近现实，包括警察部队高层权斗与个体选择、警局内部生态等元素都是在过去香港警匪剧中较少展现的。该剧取材于现实且反作用于现实，不回避问题、不粉饰生活，同时传达积极的社会价值，不仅为观众展现出较为真实的警队生态，而且对热衷于权斗的少数警务工作者予以警示，对提升警察士气以及倡导警民合作共同维护法制，具有重要的社会意义。

二、创作元素的创新性

目前内地各大视频网站的竞争处于白热化状态，互联网平台的资源优势不断凸显，港剧与内地网络平台的合作可促进港剧的复苏，加快港剧的转型速度。内地互联网受众以"80后""90后"和"00后"群体为主力军。相较于传统媒体用户，拥有更多影视资源的互联网用户的视域更为广阔、开放，逐渐形成了多元差异的审美趣味和观影习惯。互联网受众拥有日剧、韩剧、美剧、英剧等更多精品剧集的选择空间，因此传统的港剧若要立足互联网平台，必须对自身的创作类型有所创新，拓展"新港剧"互联网生态的空间。以《铁案》为代表的"新港剧"主动适应受众的多元化需求，勇于突破传统港剧的固有框架体系，在多方面做出了创新性的尝试。

《铁探》剧组一改惯常警匪剧的叙事模式，不仅仅将叙述重点聚焦于疑难怪案的侦破，而同时以警匪剧显示出警局内部的政治权力角逐，政治题材的加入改变了警匪剧的固有叙述模式。传统的警匪剧往往以表现侦破过程的曲折性、刺激性为看点，结果的成功与否直接与神探的本领挂钩，个人英雄主义的倾向性较为明显。例如，港剧《谈情说案》中林峯饰演的物理学教授景博、《读心神探》中林保怡饰演的擅于读心术的警探姚学琛、《古灵精探》中郭晋安饰演的具有通灵能力并以此屡破奇案的神探于子朗等。以往TVB警匪剧大多营造出过强的"主角意识",案件侦破的关键往往在于剧中能力超群的主角。主角的超能力通常与特定的某一领域知识(如犯罪学、心理学、侦查学等)或某一特定能力相关联,容易造成破案形式单一化的趋向。

　　《铁探》在一定程度上填补了以往剧集中形式单一化的短板,采用"无明显主角意识"的叙述手法呈现剧情。剧中人物角色可分为主动助推型与被动接受型,如万晞华、尚垰和游秉高等人属于主动助推型人物,引导剧情的走向;简国曙、招喜悦和谷永正等则属于被动接受型人物,与主动助推型人物及剧情的发展密切相关。此外,《铁探》更看重案件侦破过程中警队集体的协作性,聚焦点向警局内部靠拢,重在讲述警队工作的整体过程,其中出现的权斗纠纷揭露出警队存在的问题。相较而言,剧中的案件侦破过程处于相对次要的位置,除镪水案等极个别案件以外,警方大多已经初步知晓作案者的身份,却往往苦于嫌犯诡计多端,警方始终没有足够的证据实施拘捕。案件的难度与内部晋升的机会成正比,以案件为导火索牵出警队内部的竞争与算计。

　　案件分为大小,在剧中所起的作用各不相同。山狗案是本剧开篇的大案,从中凸显了决意为儿子报仇的万晞华、英勇正义的尚垰、粗中有细的游秉高,对人物形象的设置无疑起到了至关重要的作用。而在营长一案中,大案件的作用发生了微妙的变化,人物形象的塑造退为其次,重要的是开始凸显警队内部的明争暗斗。来自越南的黑帮头目绰号"营长"的嫌犯作案无数、对社会的危害性极大,因此警局内抓获"营长"与级别晋升密切挂钩,权斗纷争也进入白热化阶段,随着案件的推进,全剧复杂的矛盾冲突也被推至高峰。剧中小案件往往作为大案件的内嵌套形式而存在,可分为引出人物、推动情节发展和补充叙事三种作用。小案件合理地安插于剧情中,扩展叙述视野,增加情节桥段的刺激性,明晰主线的逻辑发展,增强戏剧冲突和张力,在大案中穿插相关小案件,形成故事的节奏感。

《铁探》将悬念设置与人物的命运紧密联系在一起，如在剧集初始便开始尚㭴中枪的倒计时，观众所拥有的"上帝视角"得以知晓潜在的危险向主人公逐步逼近，通过悬念吸引观众的注意力，让观众留意人物命运的变化走向。由于该剧重在关注人物的命运走向，作品的风格也相应出现新变化，在动作戏中融入了浓烈的情感，汇聚了亲情、爱情和友情等多种叠加的情感。剧中从工作岗位到个人生活全方位描绘出不同警察的个体经历。与以往几近完美的个人英雄主义形象不同，不同的警察个体身上存在着或多或少的不足，经由不同个体间的碰撞，他们的内心想法、生活路径也随之发生了变化。

三、对人物塑造力度增强

合拍模式下的警匪剧创作仍继续沿用香港本地的演员，随着剧情的重点转向警员个人命运走向，故事性得到进一步丰富，因此对演员的要求也有所提升，必须由内而外地诠释出角色独有的个性。剧组根据不同角色的特征匹配出一支强大的演员团队，由金像奖组合惠英红、姜皓文担当领衔主演，搭配袁伟豪、蔡思贝、杨明等TVB实力班底，还有黄智贤、许绍雄、吴廷烨等老戏骨助阵。演员的演技出众是剧中人物塑造得以成功的基础保障。此外，编剧的故事编排起到了主要作用，如何梳理人物复杂的关系，如何通过情节设置增添人物的饱和度，如何以人物的行为推进案件的进程，诸如此类的细节问题都是决定人物塑造成败的重要因素。剧情侧重表现关注人物生活环境以及人性在不同情形下的表现，人物形象的设置也由单一身份转为复杂多元，并且身份内部也建构起对抗模式，即个体的意识冲突。剧中通常表现为以下模式：发生对抗—意识迷失—陷入困境—自救/他人指点—作出选择/实现两者平衡—无悔/后悔。

剧中人物的意识矛盾通常成对出现的居多，尚㭴的父亲和丈夫的身份与重案一线督察的身份相冲突，围绕他展开的大段家庭戏，表明他疼爱自己的妻子和女儿，也曾尽力去协调生活与工作的关系。但每次案件发生后他的潜意识仍然选择坚守岗位、执行警务，因此关于尚㭴的家庭情感戏间接地反映出他对警务工作的执着，眼前至深至浓的爱情与亲情往往抵不过身为警察的强烈使命感,以至于在中枪后仍坚持重返一线,并保持警察的决心与斗志。面对工作,尚垟意识中也往往出现服从与反抗的斗争,一方面作为警务人员,遵从法纪法规、服从上级的命令是最基本的要求,另一方面他黑白分明、敢说敢做,不畏惧警队高层的施压,有自己判断是非对错的原则。尚垟作为下层警员代表向警队高层发起挑战,无疑是揭露万晞华阴谋的直接助推者。

与尚垟立场对立的万晞华也存在普通母亲与总警司的双重身份。此处"母亲"身份既指真实层面上的母亲,也指意义层面的代理母亲。真实层面上的母亲是指生活中她是两个孩子的母亲。她的两个儿子均为警队精英,最令她骄傲的大儿子在一次任务中被敌人行刑式枪决,她一直以来都有为大儿子报仇的强烈心理。她的情感戏始终与两个儿子相联系,体现出她的严格与内心的苦楚。意义层面的代理母亲指的是作为卧底警员的联络员,她需要时刻关注他们的安危,像母亲一样帮助照料他们家里的私事。万晞华穿插于这两类母亲的角色中并构建起个人的情感空间。与尚垟的选择如出一辙,她也更注重自己的工作身份。作为西九龙总区的副指挥官,现有的大权掌控令她霸道、蛮横、专制的性格更为放肆,对顶层权力的野心令她可以为了权斗而不择手段。她惯常的工作做派延续到个人生活中,间接葬送了两个儿子的性命,也耗尽了卧底原本对她的信任。对她的感情生活的渲染无疑加重了该人物命运的悲剧色彩。

游走于正邪之间的卧底警员游秉高也有矛盾的意识对立,他在剧中曾说过:"是兵还是贼,连我自己都分不清。"误伤警察、不上交行动所获赃物等行为僭越了警察的边界,加上万晞华为了晋升对他的威胁,令他深知恢复警察身份的可能性非常渺茫。但他在黑暗的道路上继续肩负着警察的正义、担当,在尚晴与彤彤危急之时出手相救,明里暗里帮助尚垟,始终心系警队的未来发展,面对强权压迫毫不畏惧,展现出警察应有的英勇与胆识。另外,游秉高与母亲的感情戏中展现了他硬汉柔情的一面,使人物角色更为生动、丰盈。处于灰色地带的游秉高对自己的认知有些模糊,在剧中也没有其他角色给他下一个清晰的判定。剧组采用开放的态度,只呈现出人物立体面,不对人物进行直接的评价。

除了游秉高的形象是个人因素使然外，剧中塑造的部分人物形象还存在与外界惯常认知相冲突的因素，如贪功的"贱简"简国曙、为了获得权力冷酷无情的万晞华、一身陋习的"快活谷"谷sir，剧作不过多参与对他们是非对错的评判，而是将更多的解读权交给观众，这也是本剧叙事的一大特色。

在塑造人物形象的过程中，除了融入人物情感线与情节并行发展以外，还采用了补充叙事的方式。一方面，补充叙事不是讲述的主体，但给人物的行为提供了合理的逻辑解释。例如，招喜悦小时候被关在木箱里的片段解释了她的患创伤后遗症，与马特青梅竹马的片段显示出她持续的单恋时间长且用情深，也就不难理解她为马特做警察、卧底的行为。另一方面，补充叙事也可以丰富人物性格塑造。例如，游秉高在被万晞华射杀前说出了当年邱励进被杀的真相：邱励进原本有获救的机会，但万晞华为了破案晋升，选择了牺牲儿子。游秉高的证言进一步凸显出万晞华权斗的野心。"新港剧"对人物塑造力度增强，无疑丰富了警匪剧的内涵，提升了作品的审美和思想价值。

结　语

TVB在进军内地网络平台后，一方面，以《铁探》为代表的合作剧展现出港剧的守成性，注重传统作品中"港味"的延续。《铁探》全剧基本在香港实景拍摄，选用香港本地实力派演员，展现香港地区社会、体制，乃至风俗、饮食等文化，完成香港原汁原味的影视剧建构。另一方面，随着网络文化思潮、受众审美观念的发展变化，香港影视作品顺应时代的潮流发生新的蜕变，即作品的变迁性，具体表现为人文内涵、价值观念、情节叙事、人物形象、台词对白等多方位的变化。与此同时经大陆、香港双方合作，在故事题材的选择、挖掘上实现创意共享，在拍摄、制作上实行优势互补，不同文化因素的加入避免落入固有的剧情窠臼中，使得香港的文化内涵重新得到挖掘。港剧应当牢牢抓住转型的机会，借助内地网络平台的优势，与内地深化合作，以全新的艺术写照重新讲述香港故事，创作出更多更出彩的影视作品。

主题研讨（三）：类型影视研究

反特片与经济社会条件

——以电影《黑三角》为中心

姜 朋[*]

摘要：影视剧作品要确保叙事的自洽、可信，就需要剧情、人物设计、道具和背景选择等不能脱离甚至背离其所反映时代的经济社会条件。拍摄于20世纪70年代后期的反特题材影片《黑三角》，在展现讲述计划经济时代背景下反特故事"难"的同时，也充分说明了经济社会条件的改善，以及人们拥有多元的职业选择与生活方式等，可以为反特等刑侦剧的创作提供从容而灵活处理的空间。

关键词：《黑三角》；反特；经济社会条件；居住条件；职业

一、影片叙事及其疑点

"雷人神剧"因其过于夸张、虚构的情节，过分违逆和挑战观众的常识认知，而频频遭人诟病。这也提示了合格的影视剧作品需要确保自身叙事的自洽，剧情、人物设计，甚至背景、道具都应符合剧情设定的时代特点，而不能"穿帮""荒腔走板"。因此，揣度剧作嵌入的时代背景，斟酌与之相匹配的经济社会条件（制度），就成为拍好现实题材影视剧作品的一项基本要求。这一点，对于反特题材影片自然也是适用的。

比如，1978 年重拍的英国影片《三十九级台阶》中，英国警方之所以能够挫败德国特工挑起世界大战的阴谋，全赖主人公理查德·汉内

---

[*] 姜朋，法学博士，清华大学经济管理学院副教授。

及时从斯特拉萨兰乡间邮局拿到了英国前情报人员富兰克林·斯卡德上校寄给他的写有秘密情报的笔记本。上校为躲避德国特工的追杀，在前往圣班克拉车站途中将一个黑色笔记本投进了路边的邮筒。① 因此影片演绎故事的一个关键性制度安排，是英国邮政系统接受通过邮筒投寄的笔记本之类的物品，而未强调其不能算作信件而属于物品从而必须到邮局柜台投寄。

另一个在以"一战"为背景的谍战故事《小径分岔的花园》中，面对理查德·马登上尉的穷追不舍，德国间谍余准博士躲入汉学家斯蒂芬·艾伯特博士家中。在小径分岔的花园中，余准杀死了汉学家，随即被逮捕并处死。然而，经由报纸的报道，余准远在柏林的上司想到了与汉学家同名的城市，那正是准备轰击昂克莱的英国炮队所在的位置。② 很明显，牺牲两条性命的价值完全系于英国地方小报对凶杀案件的及时报道。

再来看国产影片《黑三角》。这是一部于1977年拍摄并公映的反特题材故事影片。③ 片中交代，敌特窃取我方"110号人防工程机密"后，迅速将微缩胶片转移到松滨市交通点，并通知了国外的特务机关。在国外势力指示下，邢祥（方辉饰演）前往松滨市，其趁夜色在4路公共汽车站旁的电线杆上粘贴了带有三只黑色三角标记的广告，以此与同伙取得联系。

---

① 该片系根据英国作家约翰·巴肯同名小说改编。1935年，查尔斯·贝内特和阿尔玛·里维尔将小说改编成电影剧本，由阿尔弗雷德·希区柯克执导。1959年，弗兰克·哈维根据原作重新改编为《国防大秘密》，影片由拉尔·汤姆斯执导。1978年版的影片《三十九级台阶》由迈克尔·罗伯逊改编，唐·夏普导演，主演罗伯特·鲍威尔、大卫·沃纳、埃里克·波特。

② [阿根廷] 豪尔赫·路易斯·博尔赫斯：《小径分岔的花园》，王永年译，上海译文出版社2015年版，第98-99页。

③ 北京电影制片厂1977年出品，编剧李英杰，导演刘春霖、陈方千，主演雷明、张平、凌元。该片主题歌为李谷一演唱的《边疆的泉水清又纯》。

主题研讨（三）：类型影视研究

图1 电影《黑三角》VCD封面

在江畔卖冰棍的于黄氏（凌元饰演）本名黄秋兰，是代号为"水鸭子"的潜伏特务。其收到一枚刻有黑边三角的假硬币后，在动物园某张长椅下安放了一根空心钉子，内藏领取配制钥匙的凭据。钥匙是于黄氏让其养女于秋兰（刘佳饰演）送去配制的。拿到钥匙的邢祥离境时在火车上遇害，钥匙不见了。

出租车司机孙福（赵万德饰演）接受于黄氏指令，主要负责给境外发报联络。有人给于秋兰寄来的画报中有一页藏有三只黑色三角标志。于黄氏将其转给孙福。后者识别出黑三角中暗藏照片中的人物，并与之在江畔碰头。

事实上，照片已被警方替换。侦察科科长石岩冒充潜入境内的特务郎井田（代号"老三"，李林饰演）与孙福接头。在江北岸的餐厅里，孙福将指令交给了石岩。次日上午，石岩到殡仪馆骨灰存放处北七架28号拿到了用以开启内藏微缩胶片的铜蛤蟆的钥匙和充作信物的玉坠。此时，于黄氏正在暗中观察。

郎井田入境后，摆脱了边防人员的追查，潜入松滨市，在于黄氏家中与之相见，让于黄氏安排孙福发出电报，约代号为"猫头鹰"的潜藏特务到古炮台遗址相见，希望拿到装有机密微缩胶片的铜蛤蟆。然而，由于郎井田无法出示信物玉坠，引起"猫头鹰"猜疑，二人厮打起来。石岩等公安人员赶到，将其抓获，并让"猫头鹰"打开了铜蛤蟆，从而取回了微缩胶片。

故事叙事有些跳跃，一些细节尚存疑点，有待打磨。比如，于黄氏本是潜藏的匪特，如何又投靠了敌国？影片对投靠过程做了交代，但对于促成其转变的动机则说明不足。再如，影片开始时，疑似窃取机密的特务被警方击毙，但胶片何以落入"猫头鹰"手里？如果是"猫头鹰"拿到胶片并将其置于铜蛤蟆中的，那么于黄氏又是如何拿到母钥匙的？为何要另配两枚钥匙？于秋兰收到的被做过手脚的画报是由谁寄来的？如果于黄氏、孙福方面只能单向发报，无法接收，则其是如何知道黑三角中暗藏的照片里的人物就是要来拿走钥匙和信物玉坠的呢？再有，于黄氏既然已经和郎井田约定次日晚间在六号码头会面，一起离开，为何还不忘将孙福和于秋兰二人置于死地？特别是孙福，如果其原本没有进入警方视野，那么将其毒杀对于黄氏潜逃到底会有何种好处？

二、影片叙事的时间

影片是1977年拍摄并公映的。片中讲述的故事发生在20世纪70年代前期。第49分钟镜头显示，于黄氏家中墙上张贴着1970年的年历。第77分钟，里间屋门外墙上的日历牌是某月28日。不过，从反派人物于黄氏（本名黄秋兰，绰号"水鸭子"，凌元饰）的养女于秋兰（刘佳饰）的年龄，以及片中公安人员所穿的服装制式来看，片中故事发生的年份要更迟一些。

首先，公安人员经过调查，确认了于秋兰的身世：其本名陈小芳，1949年在其两岁时，父母被特务杀害。到110案件发生时，其已20多岁。由此可知影片叙述的故事应发生在70年代。

其次，片中的公安人员身着夏季制服。白色上衣（佩戴红领章），蓝色裤子，男警戴白色大檐帽（白色帽罩），女警戴白色无檐软帽（白色帽罩），帽徽为圆形，主图为国徽。

主题研讨（三）：类型影视研究

　　1966年7月2日，国务院批准采用新的公安民警服装制式。警服样式与解放军干部服装相同，上衣为草绿色，裤子为藏蓝色，无红色裤线。取消原来女警服中的列宁服上衣和裙子。帽徽为圆形，中心是国旗，国旗周围是金色麦穗和齿轮。1972年1月，国务院批准公安部《关于改革人民警察服装的通知》，人民警察服装颜色由深棕绿色改为藏蓝色。帽徽为红漆底圆形，中心凸压国徽。不过，蓝色制服在夏季容易吸热，给穿着者带来诸多不便，于是1974年3月26日，由国务院批准，公安部下发《关于改革人民警察服装的通知》。从1974年5月1日起，户籍、治安、刑警、外事、司法、铁路（不含押运民警）、航运民警的夏服一律改为与交警相同的制服，上白下蓝。男民警戴蓝色大檐帽，女民警戴蓝色无檐帽，套白色蓝檐帽罩。交警的帽罩也同时换发。边防（不含边防检查站）、森林和铁路押运民警的冬、夏警服，改为与消防民警相同的上绿下蓝服装，戴解放帽。1975年，女民警夏服增配裙服，上白下蓝。从片中女警未着裙装推断，故事发生的时间下限应在1975年前。①

图2　1974式警服

左，男款夏装（罩有白帽罩的警帽，白色上装）。图片来源：影片《黑三角》剧照。右，男款冬装（除去白帽罩后的蓝警帽，蓝色上装）。图片来源：电视连续剧《便衣警察》剧照。

---

　　① 《忠诚·见证——人民警察警服的时代记忆》，载《人民公安》2019年第18-19期，https://baijiahao.baidu.com/s?id=1676639119428812378&wfr=spider&for=pc，2021年1月24日访问。

2006年，山东省蓬莱市公安局一位民警在接受采访时说：

"我是在'文革'期间，1971年参加公安工作的，那年我24岁。到公安局上班是许多年轻人所追求的理想，在社会的地位比较高，挺吃香的，除了部队穿制服，再就是警察了。我第一次穿的警服是浑身上下都是蓝色，后来，上衣是白色、裤子是蓝色，年轻人穿上它可神气了。'文革'时，当民警也比较实惠，家属农业人口可以转非农业人口，工人身份还可以转干……"

这位民警对于72式、74式警服的记忆是准确的，但有关工人提干的说法则不甚准确。

汉语中有"干警"一词。据《现代汉语词典》的解释，"干警"是公安、检察、法院部门中干部和警察的合称。[①] 看起来，这与军队中指挥员和战斗员被合称为"指战员"[②] 颇为相像。亦即"干警"应该是个并列式（即"具有干部身份的警察和普通警察"）而非偏正式短语（"具有干部身份的警察或作为干部的警察"）。

1979年8月6日，中央组织部、公安部、民政部、国家劳动总局联合下发《关于户籍刑事治安民警改为干部的通知》。户籍、刑事、治安民警被整体"提干"。1980年12月31日，最高人民检察院、最高人民法院、司法部、公安部、国家人事局联合下发《关于司法交通民警改为干部的通知》，为司法和交通民警"整体提干"。至此，公安民警普遍取得了"干部"身份，转由人事部门按干部管理。[③]

再回到影片中"选将"一幕戏。市公安局洪局长（张平饰演）打电话给男一号、侦察科科长石岩（雷明饰演），调其回松滨市侦办案件。当

---

① 中国社会科学院语言研究所词典编辑室编：《现代汉语词典》（第5版），商务印书馆2005年版，第445页。

② 中国社会科学院语言研究所词典编辑室编：《现代汉语词典》（第5版），商务印书馆2005年版，第1754页。

③ 2015年，中共中央办公厅、国务院办公厅《关于全面深化公安改革若干重大问题的框架意见》提出对人民警察实行分类管理，完善执法勤务警员职务序列，建立警务技术职务序列。

时，石岩身在第 31 号边防站指挥所，身着一身绿色制服，头戴解放帽，帽徽为圆形，中心为国徽图案。结合前述 1974 年改装时边防检查站未换装的事实，可以进一步锁定片中故事发生的时间上限是 1974 年 5 月。

1966 年，公安部队整编为人民解放军。1973 年，全国陆地边防工作会议召开，边防检查站移交公安边防部门建制领导，人员退出现役，改为人民警察。公安部成立边防组，恢复设立边防保卫机构。1974 年，边防检查站人民武装警察实行义务兵役制，转为现役。1975 年，根据《关于加强边防工作的指示》，公安部边防组改为边防保卫局。[①]

因此可以进一步确定，影片叙事的时点是在 1974 年 5 月边防检查站民警换装之后、转为义务兵役制之前。再结合影片的夏季背景，可以确知故事发生在 1974 年夏天（6~8 月间）。

图 3　电影《黑三角》中边防检查人员着装

三、影片叙事的地点

对于故事发生的地点"松滨市"，没有太多悬疑。有关影片花絮的报

[①] http://blog.sina.com.cn/s/blog_45bb8ce70102ycd4.html，2021 年 1 月 22 日访问。

道均明确提示了其拍摄于哈尔滨的事实。片中很多外景拍摄于松花江畔，可以看到斯大林公园、防洪纪念塔、太阳岛餐厅、[①] 轮渡码头。此外，还在（索菲亚）教堂、工人文化宫、动物园、火车站、西大直街、中山路等地取景。原位于中山路上的黑龙江省广播大楼也因此出镜。

图4　20世纪30年代太阳岛上的米娘久尔西餐厅（即后来的太阳岛餐厅，也就是侦察员石岩与特务接头的餐厅）外景

---

① 太阳岛西餐厅的前身是米娘久尔西餐厅太阳岛分店。1926年，俄籍犹太人艾·阿·卡茨斥资一万元在哈尔滨中国大街（今中央大街68号）开办了米娘久尔西餐厅（一译民酿九尔茶食店）。太阳岛分店稍后开办。1939年，该餐厅改为维多利亚咖啡店。"米娘久尔西餐厅太阳岛分店则以风景取胜，其设计精巧美观，临江全木结构的两层楼房为营业场所，可容纳200人同时进餐且又都能眺望沿江风景。西式凉菜、热菜、冷饮品俱全且佳"。引自石力、刘爽、高凌：《哈尔滨俄侨史》，黑龙江人民出版社2003年版，第279页。1997年，太阳岛餐厅毁于火灾。

主题研讨（三）：类型影视研究

此外，"于秋兰雨中回家"和"于黄氏回家取伞"两场戏是在如今南岗区公司街 78 号拍摄的。这是一幢新艺术运动风格的小楼，原为中省铁路会办公馆，砖木结构，整体 2 层，局部 4 层，建筑面积 635 平方米。其所在地向北是西大直街，临近铁路局俱乐部，南面临近北方大厦，西南侧是黑龙江省展览馆（当时通称红太阳展览馆）。

图 5　南岗区公司街 78 号小楼

与之外形近似的建筑在哈尔滨还有两处。一处位于南岗红军街 38 号，系原中东铁路理事会事务室兼住宅（一说中东铁路会办公馆），建于 1908 年。另一处位于南岗区文昌街。

图 6　南岗区红军街 38 号小楼

图7 南岗区文昌街上的小楼

20世纪70年代末、80年代初很多电影都到哈尔滨取景。比如，反特题材电影《熊迹》、①《花园街五号》（1984）。②更早的还有1959年上映的，由长春电影制片厂和哈尔滨电影制片厂联合拍摄的彩色故事片《笑逐颜开》。③影片讲述的是1958年，党号召妇女走出家庭，参加社会劳动，做新社会的主人。女主人公何慧英的丈夫丁国才认为老婆就该在家里生儿育女，伺候丈夫。但何慧英决意参加妇女建筑工程队。妇女建筑工程队在困难中诞生成长的故事。影片为了展示城市建设的样貌，借工人乘通勤车上班的契机，让满载工人的卡车从工人新村家属区出发，一路直奔松花江畔的防洪纪念塔。《黑三角》沿用了这种叙事中夹杂写景的拍摄手法。

---

① 长春电影制片厂1977年出品。导演：赵心水；编剧：巩卓；主演：石维坚、李默然、邓书田、顾岚、浦克。1977年上映。

② 导演：姜树森、赵实，编剧：李玲修；主演：方舒、李默然、庞学勤、李龙吟、庞好。1984年上映。该片根据李国文同名小说改编，获文化部1984年优秀故事片二等奖。片中主要建筑为"临江市花园街五号"。

③ 导演：于彦夫。编剧：丛深。片长1小时54分钟。主演：张圆、任颐、黄玲、叶琳琅、金迪。

主题研讨（三）：类型影视研究

图8　影片《熊迹》和《花园街五号》海报

四、影片的叙事逻辑与经济社会条件的限制

（一）于黄氏的住所

影片中，潜伏特务于黄氏的住所位于小楼2层，是两个套间，另有厨房1间。于黄氏住在里间屋，其养女于秋兰住在外间屋。此外，于黄氏与潜入境内特务接头一场戏中显示，其还有一室外储物棚，其装运冰棍的四轮小推车就存放在该处。储物棚内设有地道。

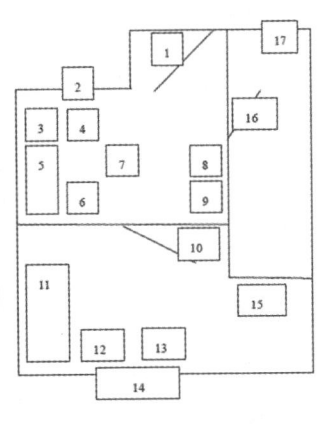

图9　电影《黑三角》中于黄氏居所外景及内部示意图
1. 入户门；2. 外间屋窗户；3. 书架；4. 三屉书桌及椅子；5. 于秋兰单人床；6. 斗柜；7. 圆桌及椅子；8. 带椭圆镜的梳妆台；9. 椅子；10. 里间屋房门；11. 于黄氏单人床；12. 桌子；13. 柜子；14. 里间屋窗户；15. 椅子和茶桌；16. 厨房门；17. 厨房窗户。

— 99 —

目测于黄氏家中居住面积至少有 30 平方米。基于其家庭人口数量和其所从事的职业综合判断，无论是在居住面积，还是在居住条件方面，于家在当时都是优渥的。国家统计局的数据显示，1978 年，我国城镇居民人均居住面积由 1956 年的 5.7 平方米增至 6.7 平方米。直到 2018 年，城镇居民人均居住面积才达到 39 平方米。① 但也有资料称，1978 年和 1950 年相比，城市人均居住面积由 4.5 平方米下降到 3.6 平方米，缺房户 869 万户，占当时城镇总户数的 47.5%。② 无论怎样，城镇居民住房紧张始终是个社会问题。

可资参照的是，1981 年上映的影片《邻居》反映了 20 世纪 80 年代初高校教职工的居住状况。③ 筒子楼里住了 6 户。1982 年上映的儿童影片《泉水叮咚》中，幼儿园退休教师陶奶奶和侄女雪莉搬进了新村。虽然其家里居住面积很大，后来还开办了临时幼儿园。但与新村比邻的平房居民大刘家的居住条件则并不理想。④ 甚至 1998 年上映的影片《没事偷着乐》⑤ 讨论的仍是这一主题。

《黑三角》中之所以安排于黄氏住进独立小楼，应该主要是出于推动剧情发展的考虑，如果其居住在大杂院里，则后来郎井田找其接头恐怕就没有那么容易了。但这一设计却明显与当时普遍的城市居民居住状况不符。

（二）相关人物的职业

同样出于剧情考虑，而违拗当时社会经济生活基本状况的设计，还有

---

① 《70 年住房变迁　人均住房面积已达到 39 平方米》，http://www.dashujufangchan.com/news/5819.html，2021 年 1 月 23 日访问。

② 黄小凡：《从分房到买房：新中国的居住革命》，载《安徽日报·农村版》2017 年 4 月 7 日第 11 版。http://m.people.cn/n4/2017/0417/c677-8777262.html，2021 年 1 月 23 日访问。

③ 导演：郑洞天、徐谷明；主演：冯汉元、郑振瑶、王培、许忠全等。北京电影学院青年电影制片厂出品，1981 年上映。

④ 编剧：吴建新；导演：石晓华；主演：张瑞芳、张翎飞、牛犇。上海电影制片厂出品，1982 年上映，片长 91 分钟。

⑤ 原著：刘恒；编剧：崔砚君、孙毅安；导演：杨亚洲；主演：冯巩、丁嘉莉、肖辉、郑卫莉、姜峰、李明启等。西安电影制片厂出品，1998 年上映。

相关人物的职业。一号反派、潜伏特务于黄氏的职业是在江畔卖冰棍。这一工作有可能是隶属于某集体所有制或街道办企业，也有可能是个体户。

据统计，1949年我国有724万城镇个体工商业从业人员（主要是小商小贩和手工业者），农村个体从业者估计有3000万至4000万人。1952年城镇个体工商业从业者约有883万人。1953年全国有个体手工业者375万人，商业、饮食业个体劳动者318万人。1956年后，全国城镇个体手工业者和从事商业、饮食业的个体劳动者均只有8万人。1956年年底，95%以上的个体手工业者和小商小贩进入了手工业合作社、合作商店和合作小组。1957年后，因国家控制放松，城镇个体工商业从业人员增至104万人。1961~1963年，个体商业从业人员分别为165万、216万和231万人。1966年，全国城镇个体劳动者约有156万人。1976年减至19万人。此后两年一直保持在15万人左右。① 另有资料显示，1978年全国个体户仅有14万人。②

在这样的大背景下，要从事个体经营是比较困难的。然而，影片中于黄氏家的情况似乎很难被归于"困难"之列。其（养）女于秋兰在工人文化宫担任钢琴伴奏员，是一份非常稳定且体面的工作——由此也不禁令人好奇，于黄氏是如何培养其走上音乐道路的？

片中安排于黄氏卖冰棍，唯一合理的解释是，这样的工作比较自由，不受单位组织以及固定上下班时间的约束，接触的人群也比较广泛，有利于掩护其开展特务活动，与同伙接头。

基于同样的逻辑，和于黄氏接头的同伙孙福用以掩护身份的职业是出租车司机。影片中，距离于黄氏在江畔的售卖点不远，就是出租汽车服务站。当时的出租车属于国营汽车公司，主要为外宾服务。与如今不同，20世纪70年代乘坐出租车需要电话预约。市区内设若干服务站，乘客在站内上车。

乘客下车后，出租车司机还需要返回站内，不能私自接活儿。但即使

---

① 郑立、王益英主编：《企业法通论》，中国人民大学出版社1993年版，第350-355页。
② 廖爱玲：《在京个体户一年退出超14万户》，载《新京报》2013年2月21日第A06版。

如此，出租车司机的行动也相对自由许多，加之可以快速机动，因而为影片编导青睐。

图10 电影《黑三角》中的出租车服务站及上海牌出租车尾部细节

综合来看，在计划经济时代的背景下讲述反特故事具有相当难度。一方面，外来敌特入境、融入社会较为困难。影片后部即提到，郎井田从国外潜入过程中遇到麻烦，迟于预定时间很久才到达松滨市。另一方面，特务长期潜伏下来也有不小难度。单位体制下的个体，其历史经历与现实表现均会受到单位组织及同事的反复审视。影片的叙事要求安排特务长期潜伏，要有合法职业作掩护，同时该职业还需要具有一定的行动自由度，以满足交通联络的需要。同时，影片为了避开人多眼杂的居住环境，从而便于其从事相关联络活动，利于故事的展开，又勉为其难地不顾物质匮乏的时代背景，为相关人物安排了颇显奢侈的居住条件，可谓用心良苦。不过，卖冰棍和开出租车的职业设定也限制了反派人物获取高端机密的可能性。[①] 因此，其在片中只是承担了交通联络的工作。

---

① 相反，执行高级别特务工作的敌特往往需要具备更合适的工作和身份。比如，在电视连续剧《便衣警察》（海岩原著；导演：林汝为；主演：胡亚捷、宋春丽等，1987年播出）中，941厂工程师卢援朝1975年出国工作期间，被外国军火企业集团策反成为间谍，归国后向国外提供了大量该厂的绝密情报。再如，《誓言无声》（导演：毛卫宁；编剧：钱滨、易丹；主演：高明、赵峥、王海燕、周显欣。中国国安文化传媒投资有限公司出品，2002年8月27日中央电视台一套首播）中，敌特陆一夫以归国华侨身份潜入大陆，并留在机场维修车间工作。

总之，经济社会条件的改善，使得故事中的人物拥有了更多元的职业选择与生活方式，从而为反特等刑侦剧的创作提供了从容而灵活处理的空间。但也要看到，在便利剧作创作的同时，经济社会条件的变迁也给现实中的相关侦查工作带来了更大的挑战。此间的消长关系值得思考。

侦探影视中的逻辑智慧

——以《唐人街探案 1+2》为分析蓝本

张　植[*]

摘要：逻辑智慧是侦探影视的核心元素，是逻辑思维在侦查和探究过程中的集中体现。《唐人街探案1》和《唐人街探案2》呈现出的逻辑智慧是不同的，前者主要通过密室疑难的破解，呈现出了对不相容选言推理的多维探究过程；后者主要是通过连环杀人系列案件的串并，彰显了异中求同法的大数据研判过程。作为一种推理素材，侦探影视不应过度剧场化，更适合的态度是应用逻辑知识对其中的探案智慧进行理性挖掘，以期演绎出契合"逻辑+推理"的最佳正解。

关键词：侦探影视；逻辑智慧；《唐人街探案》；不相容选言推理；异中求同法

侦探影视，不同于传统的刑侦影视，它主要以"神探们"对疑难案件的侦查和探究思维为聚焦点，着力呈现出侦查和探究思维的逻辑性和缜密性，与此同时，往往赋予主角侦探神奇的色彩和高超的推理能力。正是由于侦探影视给予了侦探们"神探"的角色和能力，观众能够借助他们的视角，追随着他们的思维，跟随他们一同对疑难案件进行分析研究，在推理的世界中感受探案的智慧，所以，精彩的侦探影视对于观影者来说，具有极强的感召力和吸引力。《唐人街探案 1+2》是以"唐人街神探"唐

---

[*] 张植，浙江警察学院公共基础部讲师。

仁和秦风为主角的侦探影视作品，分别以泰国曼谷和美国纽约为案件的发生地点，他们在异国他乡演绎出了两场迥然不同的案件侦破过程。结合逻辑基础知识，对两部作品中的案件及破案过程进行思维上的解读，是对其中逻辑智慧进行合理发掘的有益探索，也是逻辑知识与侦探故事的尝试性融合。

一、密室疑难的破解：不相容选言推理的多维探究

（一）密室杀人的"唯一正解"：唐仁是真凶？

《唐人街探案1》进入主题的片段是唐仁被曼谷警方通缉了，原因是他被认定是杀死某雕塑工坊工人颂帕的犯罪嫌疑人。为什么唐仁会被警方认定为犯罪嫌疑人呢？缘由在于他的嫌疑最大，或者说他杀死颂帕的可能性最大。雕塑工坊是一个封闭的密室，这个密室只有一个出口，出口处有四个摄像头，里面的视频具有"七天自动覆盖"的特点。通过查看摄像头记录的内容，警方掌握的信息有两个：第一，七天之内，除了颂帕之外，只有唐仁一个人进出过这个唯一的出口；第二，在杀害颂帕的凶器（降魔杵）上发现了唐仁的指纹。从第一个信息中，警方推断唐仁是七天之内唯一接触过颂帕的人；从第二个信息中，警方可知唐仁是接触过或使用过凶器的人。

如果说唐仁是杀害颂帕的凶手，那么他的杀人动机呢？警方推断的答案是劫财杀人。从剧情中可知，颂帕是抢劫黄金的实施者之一，唐仁杀害颂帕之后，拿走了那箱黄金，从摄像头记录的内容可得到证实，即他是推着一个箱子走出了雕塑工坊的。根据以上信息和推断，可以得出这样的情景：唐仁进入雕塑工坊之后，用降魔杵杀害了颂帕，然后推走了装有黄金的箱子。这是案件的"唯一正解"吗？当然不是，从唐仁的回忆口述中可知：帮人送快递是他的日常业务之一，颂帕死亡的那天，他接到了一个神秘电话，具体要求是让他送佛像。之后，唐仁便去了雕塑工坊，无意中他拿了降魔杵（解释了他的指纹为什么会出现在凶器上），拿了钱之后，便推着箱子到达指定地点。唐仁的回忆口述，与警方掌握的信息相一致，它们之间并不矛盾，也就意味着：唐仁是真凶，这个推断不是密室杀人案

的"唯一正解"。

(二) 密室疑难的"另一正解": 完美犯罪的设想

既然唐仁不是案件的真凶,究竟是谁杀害了密室中的颂帕呢?真凶是黄金劫案的其他同伙吗?不是,因为摄像头的视频显示,颂帕遇害的时候,他们没有进出过雕塑工坊,自然没有条件接触受害者。真凶是隐藏在雕塑工坊的妖魔鬼怪吗?更不是,因为臆想出来的妖魔鬼怪绝不是一个真实且让人满意的答案。思维空间的扩展有助于犯罪嫌疑人的搜寻,定式思维是"七天之内,除了颂帕,只有唐仁进入过雕塑工坊",也就是说七天之内,唐仁是唯一可能接触颂帕的人。假如将"七天之内"进行扩展,那么就可以得到一个情境:"真凶在七天之前就进入了雕塑工坊",这个情境恰好能够解释摄像头记录的视频内容没有显示出真凶。也就是说,真凶预先躲藏在这个密室中,他便具有了杀害颂帕的一切条件,包括作案时间。

真凶又是如何出去的呢?摄像头记录的内容显示,颂帕遇害之后,走出雕塑工坊的只有唐仁一个人和装有一个大箱子的小推车。由于这个密室没有第二个出口,剩下的设想只能是真凶躲藏在这个大箱子中,借机离开了作案现场,这也恰好解释了在案发之后,为什么摄像头没有拍摄到其他人进出雕塑工坊。接下来的问题是真凶是如何"借机"离开密室的,或者说真凶是怎样借助唐仁离开作案现场的。

先前给出的一切信息必须符合接下来的剧情,影视片段所展现的情境便呈现出其所要阐述的真相,这个真相与秦风口中的"一场完美的犯罪"相呼应。剧情中的真相情境是,真凶在颂帕遇害的七天之前已经躲藏在密室之中,等到门口摄像头记录的内容自动覆盖之后,真凶便开始着手杀害颂帕。他戴上预先准备好的手套,拿着降魔杵从背后锤杀了颂帕,然后拨打唐仁的电话,让他送一件快递(佛像)到某个地下停车场,实际上是真凶利用唐仁作为快递工具,自己则藏在箱子里被"快递"到地下停车场,从而顺利离开了密室。唐仁无意识地进入了密室,无意识地触碰了凶器,使其成为警方眼中"最有可能作案的嫌疑人"。

(三) 密室疑难的逻辑基础: 不相容选言推理

正如福尔摩斯曾言: "排除了所有的不可能,剩下的即使多么不可思议，那也一定是真相。"破解密室疑难的关键在于排除"可能性"，若干种"可能性"来自探究者对密室案情的思考与设想。这些"可能性"是合理的，是既定信息条件下的推断，它们通常是若干种情境的叠加或组合。由于特定剧情的案件真相是"唯一的"，所以必须排除若干种"可能性"之后，剩下"唯一的可能性"作为案件的真相。这种排除"可能性"的思维运作程序，就是一种典型的基于不相容选言命题所展开的推理过程。

在逻辑基础知识中，不相容选言命题是一种围绕在若干判断中进行选择的命题，在这些判断中，有且只有一种情况是成立的。所谓"相容"是指所要断定的若干种情况可以同时成立，而"不相容"是指所要断定的若干种情况不可以同时成立。基于不相容选言命题之上的推理被称为"不相容选言推理"，它的运作机理是：否定若干种可能成立的"支命题"，从而肯定剩下的"支命题"，所以，"否定肯定式"是不相容选言推理的有效形式。

然而，不相容选言推理在逻辑基础知识和侦查探究实践中的表现形式却不完全一致。对于不相容选言推理而言，如果要保障它应用"否定肯定式"之后的准确性，就必须保证它穷尽了所有的选言"支命题"。"如果一个选言命题穷尽了所有的选言支，则该选言命题必真；假若选言支不穷尽，则选言命题有可能为假。例如，刑侦人员根据某一犯罪现场的证据，作出推测：罪犯或者是甲或者是乙。但后来的侦查证实这一推测是假的，真正的罪犯是丙，他伪造了现场证据。这里，刑侦人员开始的推测就过于武断，没有考虑到其他可能情况。"[1] 因此，在逻辑基础知识的框架中，不相容选言推理的有效前提之一是"穷尽所有的选言支"。

可是对于侦查探究实践而言，"穷尽所有的选言支"意味着探究者必须"穷尽案件发生的一切可能性"，这种情况既难以做到也无必要。通常而言，就已经发生的案件而言，映入探究者脑海的是案件的结果，以及透过这些结果所挖掘出的信息。通常而言，案件的探究者会根据他们已经掌

---

[1] 陈波：《逻辑学十五讲》（第二版），北京大学出版社2016年版，第96页。

握的信息，作出若干种可能的判断和推测，并且随着信息或证据的增多，若干种可能的判断和推测之间的强度会有所变化，也可能增加一些可能性。通过证据的比对和事实的验证，其中一些可能性情况发生的强度会随之减弱，直至它们被否定，留下的是那个依靠已有信息和证据所作出的、最有可能成立的判断和推测，即最大可能性成立的情况或事件将成为案件的真相。

经过简单地梳理，将不相容选言推理的"否定肯定式"应用于"密室疑难"中，可得到以下的思维运作过程：

起初：密室凶案的发生＝可能性1+可能性2+……+可能性n；

探究：排除可能性1、可能性2、……、可能性n-1；

结果：密室凶案的发生＝（最大）可能性n。

二、连环案件的串并：异中求同法的大数据研判

（一）连环案件的并案侦查：串并元素的异与同

《唐人街探案2》呈现的是一幅连环杀人的图式，围绕着这起系列案件，唐人街神探们试图通过发现隐藏在案件背后的规律，以期找到破案的突破口并抓到真凶。该图式所呈现出的系列案件如下：

第一起案件是在纽约唐人街灶王庙发生的凶杀案，死者是黄种人，男性，死亡前吸入七氟烷（迷药），被解剖的伤口呈现Y字形，被凶手挖去了心脏，死亡时间是七月一日早晨9~10点之间，案发地出现诡异的符号。

第二起案件是在哈德逊河废弃船厂发生的凶杀案，死者是白种人，女性，死亡前吸入七氟烷（迷药），被解剖的伤口呈现Y字形，被凶手挖去了肾脏，死亡时间为六月二十七日晚11点~凌晨1点之间，案发地同样出现诡异的符号。

第三起案件是在纽约罗斯福公园发生的凶杀案，死者被凶手挖去了肝脏，死亡时间为七月七日凌晨3点左右。

第四起凶杀案发生在一个废弃的糖厂，死者丢失了肺，死亡时间为七月十四日下午3点左右。

主题研讨（三）：类型影视研究

第五起凶杀案将发生在曼哈顿中城的某家医院，受害者将遭受到解剖。

在第一起案件被发现之后，各路神探们聚集起来到达案发现场之后所做的第一件事情，就是展开了一场针对凶手的"犯罪侧写"。"犯罪侧写"是一种侦查手段，它是指侦查人员根据犯罪者的作案方式和作案特点等，对犯罪者的外貌特征与犯罪心理进行全方位的描述和刻画。在案发现场发现诡异的符号之后，他们对该案凶手进行犯罪侧写之后的结论是：男性、华人、25~40岁之间、独身、有稳定收入来源、受过一定教育、正当职业、外表不一定具备强大的攻击性，甚至可能是个好好先生、周围有亲人在非正常的情况下过世。从后来的剧情真相可以知晓此次的犯罪侧写并非完全正确，但是却显示出了犯罪侧写对凶手特征进行刻画的强大功能，也表明了案件的探究者们是能够通过案发现场和案件结果及诸多细节，分析和推断出犯罪者的外貌和心理等特征的。这些特征都是组成案件的单个元素或者是多个元素的组合，当若干起案件中的关键元素出现了相似或相同的情形时，即出现了大量的串并元素时，案件的串并就会自然而然地发生。

自上述第三起案件发生之后，鉴于死者体内都存有七氟烷残留物，同样呈现出Y字形的伤口特征，以及凶手在案发现场遗留下相同的符号，纽约警方正式开始将它们进行"并案侦查"。并案侦查的对象是系列案件，这些案件通常是短时间内在一定区域内相继发生的，它们往往表现出诸多相同的特征，如作案者的作案工具、作案手段、作案心理等因素都相同或相似，受害者的受害部位、伤口特征、死亡方式等因素也相同或相似等。基于相同或相似的特点，侦查部门通常会将这些案件进行串并侦查，一方面有利于精准打击犯罪和查找犯罪嫌疑人，另一方面也有利于节约侦查资源和缩短侦查时间等。

（二）发现连环凶手的"杀人逻辑"："异中求同"

通过犯罪侧写和案件的串并侦查，纽约警方和唐人街神探们都已经知晓了一个事实，那就是该起连环案件的凶手是同一个人。接下来要询问的是这个凶手的"杀人逻辑"是什么？或者说，他是依照怎样的标准来选择作案对象的呢？如果凶手没有任何标准来选择作案对象，那么他的犯罪行为就是"随机杀人"，这种作案方式是无线索可循的。如果凶手有标准来选择作案对象，那么他的犯罪行为就有规律可循，唐人街神探们只需要探索出凶手的作案规律，就能对他的犯罪行为和下一个受害者，乃至犯罪时间及地点作出精准预测。

连环凶手究竟是按照怎样的标准来选择作案对象的呢？唐仁和秦风分析受害者之间呈现出来的不同特性，目的在于寻找他们之间的相同点，这是一种"异中求同"的思维过程，通过一段发散性的信息比对与分析之后，他们找到了凶手作案和遇害对象之间的"内在联系"。这种"内在联系"来自中国古代道家的炼丹术，死者的生辰八字和命格，以及他们的死亡时间和遇害地点，这些元素都分别契合了阴阳五行中的"火""水""木"。凶手选择了五行内相应的时间和地点，取走受害者相应的内脏，他将纽约市当成了自己的"法坛/祭坛"，按阴阳五行杀人，试图杀满木、金、水、火、土五人，意在取他们（祭品）的五脏炼丹。

虽然这种源自炼丹术的"内在联系"让人难以置信，但是唐人街神探们要接着寻找凶手，他们必须要针对案件继续追问。接下来的追问是，凶手是如何掌握受害者们的出生地点等个体信息的，简单地说，受害者们的命格是如何被凶手知晓的？除非凶手能够获取他们的个人信息，受害者们的消费记录显示，这些受害者们都曾经在同一家医院就医。在医院里，唐人街神探们发现了凶手准备用来行凶的祭坛，也顺利阻止了凶手将要实施的第五起解剖杀人案。

（三）系列案件的逻辑基础：异中求同法的多阶运用

用归纳的思维方式在杂乱无章的元素中发现它们的异同点，发现各个或各类元素之间的相关性，进而研究它们之间的因果联系。19世纪英国著名哲学家、心理学家和经济学家，约翰·斯图尔特·穆勒（John Stuart Mill）在他的逻辑学著作《逻辑学体系》（A System of Logic，1843）中，系统总结了"探求因果联系的方法"，被后人称为"穆勒方法"。在逻辑基础知识中，案件的串并和案件逻辑的破解主要运用了"求同法"和"求同求异并用法"，其中"求同求异并用法"是"求同法"的进阶运用，主要适用于多个研究场合。

求同法是这样一种逻辑归纳方法："首先,被研究场合中,保持不变的、总与被研究现象共同出现的那个先行现象,就有可能与被研究现象有因果关系。"①

用求同法简单地分析连环案件的串并,可以得到以下内容:

案件1:有先行现象(该凶手行凶),有被研究现象(诡异符号、被解剖等);

案件2:有先行现象(该凶手行凶),有被研究现象(诡异符号、被解剖等);

案件3:有先行现象(该凶手行凶),有被研究现象(诡异符号、被解剖等);

所以,先行现象(该凶手行凶)可能是被研究现象(诡异符号、被解剖等)出现的原因。据此,"该凶手行凶"可以将系列案件的行凶者锁定为同一个人,这几起案件可以顺利地被并案侦查。

求同求异并用法是这样一种逻辑归纳方法:"先在正面场合求同:在被研究现象出现的几个场合中,只有一个共同的先行情况;其次,在反面场合求同:在被研究现象不出现的几个场合中,都没有这个先行情况;最后,在正反场合之中求异,得出结论:这个先行情况与被研究现象之间有因果联系。"②

用求同求异并用法简单地分析受害者在同一所医院就医与他们的遇害有着"内在联系",可以得到以下内容:

在正面场合中:

系列案件1:有先行现象(在X医院就医)、男性、黄种人,有被研究现象(遇害);

系列案件2:有先行现象(在X医院就医)、女性、白种人,有被研究现象(遇害);

在反面场合中:

---

① 陈波:《逻辑学是什么》(第二版),北京大学出版社2016年版,第201页。
② 陈波:《逻辑学是什么》(第二版),北京大学出版社2016年版,第206页。

非系列案件1：有先行现象（在Y超市购物）、男性、黄种人，有被研究现象（被劫）；

非系列案件2：有先行现象（在Z餐馆就餐）、女性、白种人，有被研究现象（被盗）；

所以，有先行现象（在X医院就医）可能是被研究现象（遇害）的原因。据此，唐人街神探们将X医院的某个工作人员或医生作为系列案件的犯罪嫌疑人，缘由还在于犯罪嫌疑人能够收集到遇害者的个人信息，从而知晓他们的出生时间及地点等。

"异中求同"是"求同法"和"求同求异并用法"的共同特点，但两者的表现形式并不完全相同。"求同法"的"异中求同"比较简单，通常适用于两种场合下的对比，"求同求异并用法"的"异中求同"较为复杂，一般适用于多种场合下的比对和多元分析，特别适用于大数据环境下的各种信息的碰撞性比对。《唐人街神探1+2》中的秦风之所以具有"神探"的神秘能力，在于他具备了随时能够进行数据的提取，即能够对信息快速且精确地读取，从中进行"异中求同"，此外"同中求异"也是秦风进行数据比对和信息碰撞的特征之一。

三、逻辑智慧的挖掘：推理素材的理性演绎

（一）权衡推理素材的三要素：情境、故事与逻辑

作为一种推理素材，侦探影视的解析和品味，是从神探们的视角出发的，它将观影者带入具体的案件探究情境中，共同组成案件的探究组合体。在案件的侦破过程中，观影者们领略神探们的风采，惊叹他们精彩的信息分析和逻辑探究能力。此外，不满足于案件情境的乏味带入，侦探影视的另一个特点就是能够设计与构造情节复杂、夸张，甚至离奇的故事，故事的设计也是关乎侦探影视是否产生足够吸引注意力的关键之一。

诚然，情境的神秘和故事的精彩能够让侦探影视引人入胜，但它的核心基础依旧是逻辑推理，如果过度地将推理素材进行情境虚拟化、故事离奇化，则会将侦探影视推向一个剧场化的极端，使之易偏离逻辑的核心元素。作为集"喜剧+探案"于一体的《唐人街探案1+2》，里面的故事情

节在让人称奇的同时，也夹杂着让人匪夷所思的成分。譬如，两部影视中的杀人动机就有些牵强附会，密室杀人动机源于养父对养女的一种畸形的爱，而整个密室杀人的谋略设计来自一个青春期的小女孩；阴阳五行相关的杀人动机更是让人感觉荒诞，一个热爱科学的医生，由于相信中国古代迷信而取他人内脏来炼丹，以期治好自己的癌症。因此，权衡推理素材中的三要素：情境、故事与逻辑，三者不能偏颇，更不能相互取代，情境和故事要符合逻辑的要求，要合乎逻辑的发展，只有沿着逻辑的脉络，才能保证整个侦探影视不偏离常识的轨道，不破坏思维规律的路径。

（二）"真相"的剧场化诠释与理解：基于后真相时代的探案

"真相"在《唐人街探案》中唐仁与秦风的对话里时常出现，并且秦风总是以强调的口吻来坚定"真相"的统领性地位，即"真相"是探案的出发点和落脚点。然而，对于侦探影视剧来说，"真相"不同于侦查实践中的事实，确切地说，"真相"在影视剧中所得到的是剧场化的诠释。基于后真相时代的理解，"真相"是具有层次性的，大致可分为四种类型：片面真相、主观真相、人造真相和未知真相，四种真相之间相互竞争，它们都是人们理解外部世界的表现形式。[①] 以后真相时代的视角来理解人类对待事实的方式，则"真相"不再属于绝对化的范畴之中，而是一个随着时空转换的相对概念，"真相"可以被操纵和利用。

从后真相时代的理解方式出发，由于"真相"在侦探影视剧中经过了剧场化的诠释，因此，观影者对待其中的"真相"应给予包容性的理解。可以说，在侦探影视剧中，"真相"不再是"案件事实"的代名词，两者不能等同。在侦查实践中，案件事实是绝对性的，或者说事实是不容杜撰和篡改的，一切案件事实的发现和推断都必须源于证据，而在侦探影视剧中，"真相"可能来自编剧或导演的一个灵感，也可能来自观影者对某个细节的顿悟。

（三）解释与推理的良性互动：走向最佳正解的逻辑智慧

作为一种智慧思考的工具，逻辑思维在推理世界中的表现形态是极其

---

① ［英］赫克托·麦克唐纳：《后真相时代》，刘清山译，民主与建设出版社2019年版，第19-20页。

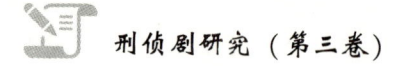

丰富的,既有思维定式,也有发散变式。通常,人们对神探的推理能力和推理过程,有一个长久以来的误解,那就是将探案理解为一个必然性推理的演绎过程,错以为神探的推理是一个从前提依据逻辑规律得到结论的思维过程,如果前提保真,那么结论也能保真。实际上,任何人在侦查和探究案件的过程中,依据的基础都是或然性推理,即使是神探也不能够前提真,结论一定真。案件侦查和探究是一个需要调动演绎、归纳、类比等多种推理形式的思维过程,而不是一个单一运用某种推理形式的定式行为。

如何更好地领略侦探影视中的逻辑智慧,在精彩的剧情中走向知晓"真相"的最佳正解呢?答案取决于编剧和导演们在剧情中所建构的解释框架,取决于这种解释框架是否契合观影者的理解诉求。"我们对于事物的解释不仅会受到在特定情境中被激发的思维定式的影响,也会受到我们选择的解释框架的影响。"[1] 侦探影视能否带领观影者最终走向他们所期待的"最佳正解",关键是侦探情境、故事的解释能否充分地与观影者的推理展开良性互动。如果编剧或导演在某侦探影视中基于合理的剧情,建立了符合逻辑要求的解释性框架,并且与观影者的推理及情感产生共鸣,那么可以说该侦探影视剧是成功的,因为观影者在精彩的剧情中感受到了"最适合"或者说"最宜接受"的结果,这个结果是符合人们生活常识的,符合人们工作经验的,也符合人们共同所认可的社会价值观和道德感。

---

[1] [美]理查德·尼斯贝特:《逻辑思维:拥有智慧思考的工具》,张媚译,中信出版集团2017年版,第14页。

《除暴》的探案实践审视及再创作建议

李建军[*]

摘要：《除暴》是一部反映现实探案题材并且由真实案例改编的影片，其上映以来引发了观众热议。该影片以其特定的时空和故事素材加以复古的色调处理，为观众带来了不一样的视觉感受，但是从探案实践来看，影片存在诸多"槽点"。电影事件容量过大导致剧情细节交代不够细致，人物状态失真不贴合实际，没有全景式展现办案实际，这些隐形问题直接影响了该影片的品质。结合电影创作的艺术追求，从改变探案类电影的编剧、拍摄等环节出发，《除暴》的再创作需要把握叙事手法、叙事内容和主题立意三方面内容。叙事手法需要包含艺术性，叙事内容需要见微知著，主题立意需要体现启发性，通过这些方面的再创作，该影片的品质将会得到明显提升。同时，这些再创作建议也为同类型探案类电影的创作提供了有益参考。

关键词：探案类电影；叙事；主题立意；再创作

按照不同的标准，电影可以分为不同的类别。从电影题材来看，犯罪片以其特有的叙事内容分属一种类别。犯罪片凭借其独有的现场、悬疑的情节、严谨的推理和扭曲人性的展示吸引了一大批忠实观众，探案类电影主要表现警察缉凶、惩恶扬善等主题，改编探案类电影的剧本源于真实案件，可谓是创作灵感直接来源于现实。近些年，多部由真实案件改编的探案类电影上映，引起了一定的反响，比较有代表性的有《除暴》（2020）、

---

[*] 李建军，铁道警察学院侦查学系讲师。

《解救吾先生》（2015）。这些电影一经上映就引发了广泛关注，影评也褒贬不一。

一、改编探案类电影的创作"窠臼"

（一）叙事重在"再现"破案过程

探案类电影通常内设一条主线，在开始点出犯罪的"结果"，以此来调动观众的思考，"凶手是谁"是抛给观众的"终极话题"。一般地，当凶手出现之后也是电影谢幕之时。探案类电影从场景上来看，警察和匪徒之间的对抗占据了较大的篇幅，在这些对抗的场景中，少不了枪战、驾车竞驶、流血和牺牲等桥段，这些吊足了观众的胃口，也非常到位地刺激了观众们的观影神经。从侦查办案的角度来看，探案类电影的叙事重在"再现"破案过程，即前期侦查。事实上，侦查办案承载着查明犯罪事实、收集犯罪证据和抓获犯罪嫌疑人三项重要使命，探案类电影只是展示了查明犯罪事实和抓获犯罪嫌疑人两个方面。对于收集犯罪证据，特别是全面收集犯罪证据鲜有呈现。之所以会出现这种现象，原因有三：第一，"斗智"比"斗勇"更加难以表现。如果说前期侦查是警察和匪徒之间追捕与反追捕的对抗，那么后期侦查则是警察和匪徒讯问和拒供之间的较量。前期侦查可以实现时间和空间上的跨越式调度，后期侦查则将警察和匪徒之间的较量限定在了讯问室这样一个逼仄的物理空间。很明显，后者限制了编剧和导演的创作空间。第二，从侦查办案需要来看，后期侦查不便于"公开"。尽管口供渐渐走下"证据之王"的神坛，但是口供在侦查办案中的重要地位不可忽视，讯问仍然是当前侦查办案的重要手段。讯问本身具有极其明显的秘密性，讯问室作为开展讯问的法定场所，其具有封闭性，侦查讯问策略和方法更是不能被犯罪嫌疑人察觉。在办案视频和法治纪录片等纪实性影像资料中，讯问的片段少之又少，在电影情节中，讯问桥段不便过多地"曝光"。第三，电影创作和侦查办案的价值追求有所不同。电影创作的最终目的重在通过电影叙事来传递惩恶扬善的价值观，以实现视觉享受和法制教育。但是，侦查办案则是以实现公平正义为终极目标，也就是说通过侦查查明的案件事实无限地接近事情真相是警察的职业使命。所以，侦查办案必须踩着扎实的"证据之石"才能到达彼岸。相较之下，电影创作只需要在逻辑和情理上"自圆其说"让观众信服整个故事即可。除了真实这一创作原则之外，探案类电影必须满足"好看"这一观影需求。

(二) 人物或事件的深度共鸣不足

改编探案类电影有自身的天然优点，如情节细腻、画面感强、故事完整、重点突出等，但是也存在较为明显的短板，其中最为突出的是引发观众深度思考的力度不够。改编探案类电影不同于法制教育片，但是如果缺少艺术创作和改造，改编探案类电影往往会被拍摄成法制教育片，这是需要极度警惕的。电影作为一种艺术手段，其除了为观众带来直观的视觉享受之外，还承载了引发观众深度思考的功能。改编探案类电影在创作主题上是鲜明的，大多通过抓捕匪徒最后让其接受法律制裁，实现惩恶扬善的目的。但是，如果仅仅是将电影的创作意图设定为这样的高度，那么是难以实现创新的。因为所有的探案类电影都难以突破"以案释法"的"说教模式"。如果能够在创作主题上有所拔高，那么影片的质量将会得以升华。以最新上映的《唐人街探案3》为例，如果仅仅是表现秦风和唐仁侦破了一起发生在日本的"奇案"，那么整个影片即使不失搞怪和幽默的喜剧色彩也会显得平淡无奇。但是，这部影片的成功之处就在于Q在不断刺激秦风对于人性的思考，最后通过破案揭开谜底，也揭示人性的恶，在利益面前妥协，为了利益不顾亲情和案情。犯罪背后都藏着鲜为人知的悲剧故事，悲剧故事里充斥着自私、屈辱、仇恨等不堪的人性。类型片的故事核心并非表象的雷同元素，如谍战片中的中日或国共对立；犯罪片中的警匪对立，而是人性光辉之复写。[1]改编探案类电影来源于现实，从现实中凝练艺术是考验编剧和导演的难题。所以，实现改编探案类电影中人物或者事件与观众的深度共鸣是此类电影创作需要面对的课题。

(三) 人物塑造重在设定极致形象

探案类电影的创作存在"套路"，改编探案类电影也不例外。在众多

---

[1] 章文哲：《"恶"之转移与"罪"的告解——当下国产犯罪片的创作策略》，载《电影评介》2016年第14期，第5页。

的创作"套路"中，人物设定是最为明显的一个。探案类电影的人物设定受到创作题材限制，大体上存在两类，一正一邪。正直的人物形象是警察，邪恶的人物形象是匪徒。特别是，警察的形象多为硬汉，为了自己的工作和事业，不惜以牺牲家庭和生命为代价；匪徒的形象多为悍匪，为了实施犯罪，以冷血、背叛、自利为个性特征。改编探案类电影人物设定存在以下几个问题：第一，人物设定单一，除了警就是匪，这就导致故事情节的铺陈面过窄，电影叙事相对单调。第二，人物形象同质化明显，在相对单一的人物设定中，角色的个性风格不够丰富，难以提升改编探案类电影的认同度和流传度。第三，人物角色过度渲染，偏离现实。改编探案类电影里的警察几乎都充满了正义感，显然是保护人民生命财产安全的忠诚卫士，而匪徒都是十恶不赦、不思悔过的暴徒。第四，改编探案类电影的案件素材以暴力犯罪为主，故事里的警察多为刑警，匪徒多为杀人抢劫犯。实际上，犯罪的种类有很多，根据不同的侵害对象，可以分为不同的类别。随着社会的发展，犯罪的特点也在发生变化。从侦查办案的实际来看，暴力性犯罪的发生率明显下降，非接触性的新型犯罪成为当前的高发犯罪类型。在一定程度上，当前改编探案类电影的创作主题并未反映犯罪形式主流、贴合社会实际。

二、《除暴》的创作"槽点"

《除暴》是一部典型的改编探案类电影，以悍匪张君案为原型。此影片备受关注，卖点主要集中在以下几个方面：第一，影片题材为现实主义，改编自真实案例；第二，影片由王千源、吴彦祖等硬汉影星领衔主演，特别是吴彦祖饰演的反派更是吊足了观众的胃口；第三，影片场景调度和转切多，充满了枪战、驾车竞驶等场景，场面火爆激烈。尽管如此，从观影效果来看，《除暴》的创作并不理想，百度评分7.1。具体而言，《除暴》的创作存在以下"槽点"：

第一，电影事件容量偏大。影片主要讲述了以"老鹰"张隼为首的犯罪团伙数年间实施多起抢劫杀人案件，前后不同案件在时间和空间上都存在一定跨度。这样的剧情设计一方面是忠实于案件原型，影片原型张君案本身就横跨数省市，作案时间跨度将近10年之久；另一方面也反映了这一犯罪团伙的社会危险性，严重影响了社会稳定和人民群众的人身财产安全。但是，数起案件要在不到两个小时的影片时长内讲完整、讲清楚绝非易事。数起案件在电影叙事时绝不可能平均发力，但是受电影时长容量的局限，对于大体量事件的表达欠妥。

第二，人物关系交代和挖掘不够。电影中人物贯穿故事始终，人物是不同的点，编织出不同的故事线索，最终讲述完整的故事情节。《除暴》中人物关系处理相对粗糙。以张隼为首的团伙由多人组成，他们在作案过程中分工不同，从形象上看，年龄、气质和性格也存在较大差异，但是这些人如何纠集在一起不得而知。这些人物关系不清楚导致的结果是"老鹰"的小弟为什么要为他卖命，甚至有人情愿割耳保护他。另外，"老鹰"的妻子和他之间的情感交往似乎为男性题材的影片增添了柔性色彩，但是，对于二人之间的交往却交代得不够清楚，这就引发了这个女人为什么要对"老鹰"死心塌地的"关系疑问"。

第三，人物状态失真。影片中，王千源扮演的钟诚和吴彦祖扮演的张隼无疑是整个故事的核心，分别代表正邪各方。从影片开始钟诚被匪徒控制，钟诚和张隼近距离接触，张隼的嚣张、对于警察的不屑一顾，甚至有一种挑衅，张隼对钟诚说，"你欠我一个笑话"，这句话也为两位的关系纠缠埋下了伏笔。从被戴上匪徒头罩的钟诚被扔下车的那一刻起，标志着"老鹰"团伙对警察"宣战"。随后的几起抢劫，尽管"老鹰"团伙被警察控制了，甚至也有伤亡，但是警方最终未能将这一团伙抓获。这冥冥之中就是张隼要的"笑话"，狡黠地反问警察"有本事来抓我啊！"直到张隼被捕，在和钟诚的对话中，重提"你还欠我一个笑话"。在实施抢银行运钞车的犯罪活动中，钟诚基于前几次作案过程的分析，控制了制高点，张隼在损失惨重的情况下无奈冲破封锁逃离现场。在上车的那一刻，张隼和居于高处的钟诚远远地对视了几秒钟。从电影创作的角度来看，这样的剧情安排似乎是在描述警匪双方矛盾的升级。但是，从犯罪分子的真实表现来看，这样的迟疑哪怕是几秒钟的也是极不可能的。因为可能就是这几秒钟，犯罪分子就被捕了，影片中犯罪分子不慌不忙地"逃跑"显得过于淡定，显然不符合当时其最真实的心理反应。此外，在浴室对决中，张隼和钟诚的人物状态也不符合真实状态。首先，张隼作为犯罪团伙的头目，非常狡猾，其不可能孤身和警察肉搏。张隼的真实反应应该是在"嗅"到警察靠近之后迅速逃离现场。其次，张隼只身对抗钟诚略显莽撞，这也不符合其身份的行为特征。张隼身手再好也不及钟诚的枪来得快，这样风险太大。更何况在无法判断是否还有其他警察在外埋伏或者在赶往现场的路上，张隼在浴室多留一分钟，其被抓捕的概率就翻倍上升。最后，钟诚的行为抉择也不符合其性格特质。钟诚是省厅刑侦部门高级警员，其拥有丰富的办案经验，尽管精确定位张隼身在浴室，但是从抓捕实际来看，应当制定完备的抓捕方案，其中包括调遣增援警力、选择抓捕时机、制定安防预案等。由此来看，钟诚也不会莽撞地凭一己之力去抓捕张隼。在影片中，浴室俨然被演绎成警匪较量的格斗场，但是其不符合警匪双方的理性，尽管双方搏斗场面精彩，但是明显失真了。

第四，部分情节设置多余。一个精彩的故事应当遵循一条主线，同时也需要一些枝枝蔓蔓来丰富主干。但是，需要注意的是，如果有些枝蔓和主干的关联度不强，无益于凸显和衬托主干，那么它们就是多余的。在《除暴》中，张隼和其母亲的关系就显得和整体的故事不相贴切。也许编剧想凸显张隼立体的生活环境和人格，想表达其在亲情方面的关系处理。但是，从张隼已经预见到危险即将到来时，在和其母亲会面的过程中并未展开过多的情感"告别"。与此同时，张隼之母在察觉到钟诚来浴室不对劲的时候，并未向张隼传递信号。电影对于此处交代得不够深入，无疑是一败笔。另外，张隼被捕之后，影片的结尾设计了其被枪决的情节。也许编剧想再次强调"作恶难逃严惩"这一主题，但是从观影角度来看，张隼被抓已然"揭底"，至于其接受何种刑罚对于观众而言显得不再重要，即使明确张隼被判处死刑对于观众的观影刺激也是极其有限的。所以张隼被执行枪决的设计显得"画蛇添足"。

第五，未能全景式反映侦查办案实际。改编探案类电影通常需要秉承"尊重真实"这一创作原则，其需要在相对明确的故事框架下发挥。从影片叙事来看，"老鹰"犯罪团伙在常普、武江、庆州等地多次作案，以钟诚为代表的警察"咬死不放"予以追踪。从案发地的关系上推断，常普、武江、庆州等地同属一省，这一情形和跨省市作案的案件原型不太吻合。也许这一设计出于办案主体要集中的创作考虑，特别是要凸显由钟诚领导的办案团队与罪犯"死磕"的坚持不懈、迎难而上的工作状态。但是，这样的设计在一定程度上降低了侦查办案的难度，故事的表达也显得降了一个档次。需要明确的是，影片故事原型张君案件在侦破过程中并不是一帆风顺的，特别是跨区域办案需要开展有效的侦查协作，难度非常大。这也是公安机关直接面对的办案现实。从影片呈现上来看，短短不到两个小时的电影时长无法对案件的办案细节予以完整地呈现，这样的案件素材更适合以电视剧的形式予以表达。另外，公安机关在侦查协作方面需要完成相关办案程序，需要克服多重制度藩篱，协调多重关系，平衡多方利益，这样的办案现实纪实性更强，艺术创作难度过大。

第六，影片名称创新和吸引力不够。《除暴》这一名称契合了该影片的创作主题，特别是在影片的结尾"揭示"了这一名称的由来。影片最后字幕显示"一九九一年至一九九六年，全国持枪案件超过一万起。一九九六年，严格执行《枪支管理法》，大幅铲除涉枪暴力罪案。如今，中国是世界上最安全、治安最优良的国家之一。"其中，"除暴安良"四个字以红色标示，赫然醒目。作为一部商业片，这一影片的命名略显平庸，不够响亮，更谈不上出彩。这在一定程度上也影响了影片的传播力和影响力。

三、《除暴》的再创作建议

（一）叙事手法需要饱含艺术性

电影作为一种艺术形式，其创作应当具有艺术性。电影美学的范畴较广，其中包括了叙事手法的美感。当然，电影的创作手法需要根据剧情来进行设计，其受到多种因素影响。《除暴》的叙事手法较为单一，属于顺叙，其遵守了故事发展的时间轴，随着时间的发展剧情一步步推进。反观之，《解救吾先生》的叙事手法显得复杂些，剧情的发展不是完全按照事件发生的时间顺序展开，而是倒叙中夹杂了顺叙，不同阶段的情节跳进跳出，最终把故事的原委讲清楚。比如，在影片开始，华子已经坐进了讯问室，在警方侦破吾先生被绑架案的过程中，又交代了华子之前实施的绑架案。在影片的最后又揭示了华子等人的"下场"，故事表达完整。

（二）叙事内容需要见微知著

受电影时长的限制，电影创作需要更为紧凑的剧情，集中表现故事核。电影有限的时间容量不允许面面俱到的"流水账"，讲好"小故事"才显影片的精彩。电影的艺术创作说到底需要表达观点和思想，所以"讲小故事，见大道理"是电影创作的一种理念。《除暴》以张君系列抢劫杀人案为原型，其讲述了张隼等人实施的多起抢劫犯罪，尽管这些事件在表达上有侧重，但是抢劫的准备和实施场面仍然占据了较多的时长。《解救吾先生》作为一部较为成功的改编探案类电影，其以解救吾先生为主线，重点讲述了警方成功解救吾先生的过程。需要注意的是，华子等人也是系列性犯罪，但是影片并没有详述他们实施的每一起犯罪，只是对华子等人实施的其他绑架犯罪予以交代。这样处理的功能在于侧写华子等人的恶，特别是通过介绍华子在拿到赎金后仍然撕票营造了影片的紧张气氛，增强了解救吾先生的紧迫感。影片中，华子实施的其他犯罪成为绑架吾先生这一主干事件的旁枝，但是影片立体效果丝毫不逊色。

（三）主题立意需要体现启发性

电影艺术需要向观众传输一定的价值观，引发观众的思考和共鸣是其重要的创作目的。探案类电影也会向观众传输一些价值观，不然电影的立意就会受到严重影响。《除暴》在电影立意上显得分散，使得影片的主题表达不够集中。从剧情上来看，通过追捕以张隼为首的犯罪团伙，最终将其绳之以法，由此"惩恶扬善"的核心思想呼之欲出。但是，在影片结尾，以字幕的形式表达了从1990年到1996年持枪案件高发，经过严厉打击，实现了枪支的有效管控，保障了社会的稳定和安全。这不禁让人产生这样的判断，《除暴》这部影片是为强化枪支管控专门创作的，这不免引起大家的诸多疑惑。第一，从影片的主题立意出发，通过打击张隼这一持枪抢劫的犯罪团伙，能否展现对枪支实现有效管控这一宏大局面；第二，尽管影片中描述了张隼等人在录像厅里秘密购买枪支的情节，但是并未对枪支买卖甚至枪支泛滥的社会形势予以准确表达,这一社会现象的薄弱难以支撑最后有效管控枪支这一主题;第三,在本片中,有效管控枪支和同暴力犯罪作斗争这两个立意,明显后者更高,同时输出这两种价值观点,在一定程度上会产生内部排斥,最终影响影片的立意和内涵。

与美国、韩国等地的犯罪电影相比,国产犯罪片并非以极致的动作与暴力来满足观众的感官刺激,"犯罪"与"暴力"只是其披着的类型外衣,真正内核实则是对于社会现实空间的书写与言说。换言之,以犯罪片的类型定位完成商业电影表层范式的构建,围绕"暴力"元素的呈现,切入道德伦理价值的现实指涉,在此之上形成关于现实的反思才是影片的真实所指。[①]《除暴》明显在形式上很好地呈现了犯罪片和改编类探案电影追求的场景和视觉冲击,但是电影创作的"余味"显得寡淡,未能引发观众对于现实的反思,特别是对于人性恶的根源的深入思考。这是电影再创作必须要重点反思的问题。

结　语

《除暴》在叙事手法、叙事内容的编排和主题立意上存在提升空间,但是其极具现实感和时代感的色彩画面还是给人以美的享受,加之演员的精湛演技为影片增色不少。电影创作不是一件容易的事情,探案类电影作为犯罪片的一种,其创作理念、策略和思路值得我们深入探索和研究。

---

① 卫素:《类型电影的反类型书写——以近五年来的内地犯罪电影为例》,载《西部广播电视》2019 年第 12 期,第 111 页。

《廉政行动》系列电视剧运用于侦查教学的实践分析

刘 莹[*]

摘要： 教学包括教师教授和学生学习。在侦查教学中适当运用影视作品，一方面可拓宽教师本身的知识面与掌握度，另一方面也可提升学生的学习兴趣和能动性。《反腐败调查制度比较》和《侦查制度比较研究》两门课程的理论性较强，若单纯依靠老师理论讲授，学生在缺乏相关知识背景的情形下，势必感觉晦涩难懂或枯燥乏味。适当引入影视作品于教学过程，结合影视剧中的具体场景或情节讲授知识要点，可活跃课堂氛围，提高学生的学习兴趣和注意力，加深学生对知识点的理解和掌握。

香港地区《廉政行动》系列反贪电视剧，均根据廉政公署所办真实案件改编，呈现了大量与反腐败调查相关的场景和情节，直接展现了香港廉政公署的机构设置、管辖权限、办案程序、调查措施等各方面的内容和特点，并突出反映了英美法系国家和地区在侦查主体、侦查程序运作方面与大陆法系的差异，非常适宜作为《反腐败调查制度比较》中香港地区反腐败调查制度一章的教学案例适用。

关键词： 侦查教学；《廉政行动》；教学要点；教学案例

一、影视案例运用于侦查教学的目的与意义

大学教学改革最为关键的问题是，要根据学校、学科专业的培养目标

---

[*] 刘莹，西南政法大学副教授。

定位以及具体的课程目标,建构使所有学生都感到有趣并富有挑战性的教学模式。① 传统的大学教学模式中,教师、教材和课堂是教学过程中的"三个中心",以课堂为场所的教师教授、教材传授的方式,使学生处于被动参与状态中,难以激发学生的学习兴趣。"根据学科特点和教学内容,在课堂教学中大量运用教学案例,能够有效拉近教学内容和学生生活的距离,找到课程知识逻辑与学生心理逻辑的最佳契合点,架起沟通理论与实践的桥梁,充分激发学生主动思考和热情参与,使教学取得事半功倍的效果。"②

《反腐败调查制度比较》和《侦查制度比较研究》是分别为侦查学专业本科生和硕士研究生设置的专业选修课程。一方面,上述课程均为制度研究,重在相关制度的理论梳理,故教学方法均为理论讲授,而无任何实践学习环节。另一方面,这两门课程的知识体系涉及不同法系、多个国家或地区的调查/侦查制度,学生通常不具备广泛扎实的专业知识背景,故在课堂上难以通过教师引导性提问、学生回答的方式激发学习的积极性和主动性。因此,可借助影视案例教学法,"根据教学的目的和需要,选取题材适当的影视作品,截取相关电影场景和情节作为教学案例,应用于教学过程,激发学生对影片所反映的真实生活和现实问题产生强烈的情感反应和鲜明的价值判断,激发学生积极思考和主动探索,提升教学效果"。③

二、《廉政行动》(ICAC Investigators)④ 系列电视剧运用于侦查教学的实践分析

(一)明晰教学目的,确定案例范围

目前世界主要国家和地区的反腐调查(职务犯罪侦查)制度主要分为四种基本类型:第一,独立的反腐调查(侦查)机构,如中国香港的廉政公署(ICAC)、中国澳门的廉政公署及新加坡的反贪污调查局。第

---

① 马廷奇:《高等教育教学改革与质量保障》,武汉大学出版社2017年版,第46页。
② 田虎:《大学教学案例采集与运用的个案分析》,载《教学研究》2014年第5期。
③ 田虎:《大学教学案例采集与运用的个案分析》,载《教学研究》2014年第5期。
④ 从1992年开始至2019年,共拍摄了11个系列单元剧。

二，以检察官为主，由检察官指挥司法警察实施的职务犯罪侦查制度，比如亚洲的韩国和日本，以及传统的大陆法系国家法国、德国和意大利。但韩国与日本又在检察机构内部设立了专门的职侦部门，如韩国大检察厅中的中央侦查部，日本地方检察厅中的特别搜查部。第三，警察机关承担反腐调查职能，主要是在英美法系国家，因检察官原则上没有侦查权，故由警察机关负责所有案件的侦查，如美国联邦调查局和英国的重大欺诈犯罪调查署等。第四，临时性特殊反腐调查职务。在没有独立职务犯罪侦查机构的国家和地区，当发生特别高级官员的贪腐案件时，如美国水门事件、朴槿惠"闺蜜门"案件，设立临时性的、具有极大独立调查权的"独立检察官"或"特别检察官"。

在上述各种类型的反腐败调查制度中，中国香港的廉政公署是全球最成功的独立反腐调查机构之一。根据"透明国际"每年公布的"全球清廉指数报告"，香港地区近年来一直排名靠前，在亚洲国家和地区中排名第二，仅次于新加坡。香港地区能成为全球最"廉洁"的城市之一，其中一个关键因素就在于廉政公署在肃贪防贪领域功绩卓越。廉政公署在打击贪腐犯罪方面不仅获得了相当高的侦查效益，同时还兼顾了公平公正。其调查程序是如何运作的？调查体制又具有哪些特点呢？

《廉政行动》，是由香港 TVB 与廉政公署合作拍摄的系列反贪电视剧，同时也是反贪宣传剧集，是根据廉政公署所办真实案件改编，每集 40 分钟，完整展现一起贪腐案件从发生到廉政公署开始调查、调查结束的全过程。剧情朴实、不夸张，演员表演自然流畅。该系列电视剧呈现了大量与反腐败调查相关的场景和情节，直接展现了香港廉政公署的机构设置、管辖权限、办案程序、调查措施等各方面的内容和特点，并突出反映了英美法系国家和地区在侦查主体、侦查程序运作方面与大陆法系的差异，非常适宜作为《反腐败调查制度比较》中香港地区反腐败调查制度一章的教学案例适用。

（二）梳理教学要点，选择具体案例

1. 廉政公署成立的历史背景

教学要点：20 世纪 60~70 年代初期，香港地区经济发展迅速，人口急剧增长，社会矛盾加剧。当时港英当局钱权交易、贪赃枉法的现象比较普遍，公共秩序非常混乱。当时流传这样的说法：整个香港地区的活动，都是以"佣金"为基础的。据统计，这一时期整个警队每年获得的贪污贿赂款高达10亿港币。在此背景下，港英当局于1971年5月通过了专门对抗贪污贿赂犯罪的《防止贿赂条例》。但新条例的出台并未使香港地区的腐败状况有根本的好转，因为执行机构仍是香港警方。在此背景下，1974年2月，廉政公署正式宣告成立，香港地区的反贪工作跨入一个新纪元。

选取案例：（1）《廉政行动2014》第2集《蜘蛛》——建筑工程界贪污案。卓文与梁德成同于华富邨成长，童年同样经历过香港地区贪污泛滥的年代，亲眼看见医护人员为病人急救额外收取"酬金"、医院阿婶收"茶钱"、木屋区居民给房屋署人员送礼、警察向小贩收"黑钱"，这些片段让两人长大后形成两种截然不同的价值取向，致使两人的人生轨迹南辕北辙。卓文因童年不愉快的经历立志反贪，加入廉政公署。他为人刚正诚实，即使儿子偷了一个廉价玩具车，也毫不犹豫地大义灭亲，亲自带儿子去警局自首。梁德成发奋苦学，凭多年努力，终成为房屋署总屋宇装备工程师。奈何权力却令人腐化，梁德成自恃位高权重，借外判政府工程合约，主动向各方索取利益，编织贪污巨网。卓文虽然收到有关梁德成贪污的举报，但由于疑犯警觉性高，调查初期困难重重、无从入手、进展不大。其后幸得房屋署署长支持配合，搜证终取得突破。

（2）《廉政行动2014》第5集《战友》——公营机构贪污案。2014年是廉政公署成立四十周年，也是首席调查主任Edmond到达退休之年。Edmond在廉署工作三十多年，曾目睹六七十年代贪污处处，民不聊生的香港，而在廉署数十年间，最令他刻骨铭心的案件是1994年震惊各界的"东九龙警员集体贪污案"。当年廉署已经成立二十年，案件却涉及同一警署内二十多位警员集体贪污，涉案职级高至总督察，当中还存在一代传一代的贪污手法。集体贪污案再度出现，令人感觉有倒退至廉署未成立前的光景，震撼社会大众，并为同一模式的庞大贪污案回归而极度担心！Edmond上司周Sir委派他专职处理该案，借着周密部署及Edmond下属

Jacky盘问疑犯时的细心表现，廉署最终成功查出集体贪污案的幕后黑手，但因涉及的警员人数众多，廉署一度忧虑拘捕行动会触发自1977年后的新一轮警廉冲突。然而，凡事总有正面，由于警队内部亦非常重视廉洁文化，此案反而促使警廉互相认同及了解，并从过往互不兼容的敌对状态，演化成唇齿相依的合作伙伴关系，为维护香港地区的稳定、繁荣并肩作战。

2. 调查对象包括公职人员贪腐与私人诈骗

教学要点：廉政公署的反贪策略为"全面兼顾"，其认识到贪污腐败不仅仅从公职部门内部衍生，通常是在公职部门与私人机构互相纠缠的作用下产生的。因此采取全面的反贪策略，同时打击公职部门和私人机构的贪腐行为。不仅调查受贿的公职人员、行贿的私人机构，还同时调查纯属私人交易的贪污诈骗，这是廉政公署同大多数国家和地区的反贪机构的区别（大多数反贪机构主要将职务犯罪侦查或反腐调查限制在公职人员贪污受贿）。

选取案例：（1）《廉政行动2007》第3集《亿万信用》——亿万商业诈骗罪案。廉署处理一宗诬告贪污案时，揭发出另外一宗牵涉地产富商与银行高级职员非法勾结的亿万商业诈骗案。王利华与拍档苏丽雯向ICAC投诉负责追债的陈律师受贿，后发现是诬告，于是王利华将罪名推在苏丽雯身上，苏丽雯盛怒下曝出王利华的诈骗案。王利华起用大律师Nora Cheung，希望打赢官司。廉署调查员Rachel、简Sir锲而不舍，终说服银行职员胡国强出庭指证王利华，扭转局面。

（2）《廉政行动2011》第3集《心魔》——企业高管非法收受佣金案。本集改编自2009年麦当劳香港区前董事总经理刘士盛非法收受回佣一案（案件编号：DCCC 114/2008）。人的心魔，会将一个人腐蚀到什么程度？一个贪念，会为社会带来怎样的影响？快餐业龙头"罗便臣"一哥丁文康出身草根，二十多岁加入"罗便臣"，由最底层做起，亲力亲为、平易近人，办事能力极高，二十多年间晋升至集团香港区域董事总经理，对"罗便臣"整个亚太地区的营运都有影响力，公司是他的王国。为了让事业更上一层楼，丁文康的目标是成为跨国董事总经理，可惜事与

— 128 —

愿违。

"罗便臣"供应商招标，东南亚富商之子巴颂向曾在美国共事的老友丁文康抛出合作计划：建议自己公司作供应商，他将会把销售总额8%作为回报。丁文康失意于公司晋升机会，把心一横，接受建议。廉政公署收到举报，怀疑"罗便臣"高层有收受供应商贿赂的嫌疑。为免打草惊蛇，先由该东南亚人巴颂的线索查起。经过一个月的调查，与该国取得联系，根据名字追查到巴颂的背景，关注巴颂和丁文康的来往。另外，调查发现丁文康和妻子的银行账户都有多笔巨款。廉政公署高级调查主任决定趁丁文康和巴颂都在香港时采取行动。

3. 调查权力大、调查措施多样化

教学要点：廉政公署能够成为一个让贪官污吏望而生畏的调查机构，与其被赋予的强大调查权直接相关。在获得法庭批准的前提下，廉政公署调查人员可以调取与案件有关的个人银行资料、收缴旅行证件，进入政府部门或私人场所搜查。同时，廉政公署有权开展秘密跟踪、秘密拍照、运用"线人"、派出"卧底"等秘密侦查措施。廉政公署调查的案件，法庭定罪率一般在65%，而运用"线人""卧底"的案件，成功率在95%。

选取案例：(1)《廉政行2016》第4集——烟草公司走私案。调查主任高永康亲自带队调查烟草公司董事长收受贿赂案，案情重大，由于取证困难，Roger决定派珊珊去当卧底。调查期间，珊珊发现自己怀孕了，但为了大局着想，她决定继续调查。同时，Roger带领Batman一起去了三不管的达班岛取证，过程惊险刺激。此集由20世纪90年代著名的"英美烟草公司走私案"改编，剧中细致展现了廉政公署在重大案件中运用卧底侦查、污点证人等措施的情景。

实际中的此案精彩情节不亚于电视剧，廉政公署当年花费大量人力物力、采取各种秘密调查措施方得以破获此案。1993年3月，执行处外籍助理处长葛辉接到情报称，香港瀚国公司和汉辉贸易公司贿赂英美烟草香港公司高层以及香港海关官员，大肆向内地及台湾地区走私香烟，货值达数十亿港元。而他们为打通关节的行贿数目，也高达数千万港元。经廉署调查，成立于20世纪80年代中期的瀚国公司注册资金并不雄厚。然而该公司数名股东却个个身家不菲，令人疑窦丛生。廉署怀疑，瀚国公司有利用低税率商品瞒天过海之嫌。果然，进一步顺藤摸瓜发现，他们和海关的联系是通过一个叫田秀光的人来完成的。而田秀光此前曾在香港海关任职，正是由田利用其组建的汉辉公司为瀚国公司瞒天过海，逃避海关检查而大肆走私。涉案人员随后供出行贿对象——英美烟草香港公司原出口部总裁吕健康。整个复杂的走私链条为外人初步知晓，得益于被捕的污点证人徐道仁的供述。更令此案具有神秘色彩的是，后来配合香港廉政公署调查的污点证人在开庭前惨遭灭口，并被抛尸大海，从而使得这桩惊天大案的走私细节长期以来不为人知。

(2)《廉政行动2007》第4集《过界》——高级警官收受贿赂案。廉政公署收到三宗投诉，直指毒品调查科高级警司钱豪东收受贿赂包庇色情场所，遂展开调查及拘捕行动。由于钱豪东是警队精英分子，调查员潘展基、高级调查主任DJ等人一切调查行动格外小心保密。钱豪东与色情场所老板娥姐大有交情，娥姐更为钱豪东提供免费召妓服务，"以权谋私"，调查员跟踪他收集证据，最后成功破获。剧集直观展现了廉政公署在调查过程中，长期经营线索、采取各种秘密调查手段，如运用线人、跟踪、秘拍的场景。

此案为廉政公署调查史上一重要案件改编而成，香港警队"明日之星"、曾驻守多个重要部门的高级警司冼某某，竟然因涉嫌收受贿赂及免费召妓服务，于2002年5月23日被廉署拘捕，并由此引发一场各界关注的警廉冲突。廉署这次行动，并非单纯因"免费召妓"事件而起，据知情人士透露，其实秘密侦查行动进行了数月之久，并且是两星期前"火百合行动"的持续，目的就是揪出为香港油尖区色情卡拉OK提供庇护及通风报信的警队害群之马。"火百合行动"由警队四个部门联合执行。但在这个联合行动的背后，廉署与刑事情报科早已另设了一个调查小组，专门监视负责行动的警员有没有泄密。行动完结后，各部门警员都松了一口气，但廉署的跟踪人员，仍然秘密紧盯冼某某，直至他认为一切正常，并联络夜总会老板为他提供免费妓女时，廉署人员才突然如神兵天降。

(三) 总结教学内容，选取典型案例

在各教学要点讲授完毕之后的总结部分，可借以廉政公署所办具有相当代表性的典型案例，归纳总结香港地区反腐败调查制度的特点。

1. 廉政公署的组织独立性

廉政公署不是一个行政机构，其完全独立于政府。廉政公署的职员不属于公务员，不受公务员条例的约束。且其办案经费，每年由政府以独立开支的项目拨付。领导任命、人员设置与经费来源皆具有独立性，使廉政公署成为一个独立而权威的反腐机构。

选取案例：《廉政行动2019》第4~5集《黄金枷锁》——政府高官接受富商款待案。一封神秘告密信送到廉署，震惊了廉署高层。因为告密信的内容，竟是投诉一大集团一直安排刚卸任的政府高官靳东尧免租入住豪华住宅。然而靳东尧机智过人，口供滴水不漏。廉署多年调查后，怀疑靳东尧收受的利益远超免费住屋，这场没有硝烟的对抗进入白热化阶段，调查员誓要奋勇对抗香港地区廉政反贪史上最重要的一仗！

此集由香港地区前行政长官曾荫权案改编，2012年2月，曾荫权因接受超级富豪的款待涉嫌贪污而被香港廉政公署正式立案调查，成为香港地区历史上第一个因为贪污而被廉政公署调查的行政长官。2017年，曾荫权被判公职人员行为失当罪，判处入狱。作为香港地区的反贪机构，调查对象可及香港地区的行政长官，足见廉政公署的独立性——不受行政权制约。

2. 廉政公署的程序高效性

廉政公署的执行处是专门的调查部门，执行处分为四个调查科，每个科下设四个大组、十六个小组。执行处内各科组基本按照调查对象的工作性质来划分，分工明确，各司其职。同时，廉政公署从举报线索的受理、审查，到案件的正式调查和调查终结，都有一套标准化程序。以上两方面是廉政公署办案快速高效的重要保障。

选取案例：《廉政行动2007》第2集《沙丘城堡》——公营房屋短桩丑闻。地基承建公司利用监管漏洞偷工减料，令新建居屋发生短桩事件，不合格工程令两座41层高大厦出现严重沉降；为保公众安全，房署决定拆卸楼宇，并怀疑有监管人员受贿，上报廉署。建筑系同学黎志杰和梁迪威与短桩案有关，廉署调查员黄Sir、Irene发现黎志杰以灌水代替石料，导致居屋发生下陷现象。从中亦发现房署职员监管工作有错漏，令建筑公司有机可乘。

此集由真实案件"豆腐渣居屋"改编而成。在1999年1月首次曝光后，香港廉政公署调查发现，东涌新市镇第30区第四期工程的商场和停车场工地出现严重的偷工减料现象。令社会各界关注的是，用于支撑建筑物的桩柱中，有十多根比合约规定的长度短了近一半，达十多米，令整个建筑物有潜在的倒塌危险。香港地区传媒称这一事件为"短桩丑闻"。该剧全面而细致地展现出廉署明确职能分工、办案程序高效的特点。

三、《廉政行动》系列剧运用于侦查教学的总结体会

教学包括两个方面的内容：教师教授和学生学习。在侦查教学中适当运用影视作品，一方面可拓宽教师自身的知识面与掌握度，另一方面也可提升学生的学习兴趣和能动性。

《反腐败调查制度比较》和《侦查制度比较研究》的教学内容，涉及境外多个国家和地区的反腐调查/侦查制度，受收集资料所限，授课教师不可能掌握所有国家和地区反腐调查/侦查制度的具体程序、措施细节，授课内容易浮于表面，较为笼统抽象。如在讲授香港地区反腐败调查制度时，仅依靠文字材料，教师本身无法了解廉政公署的办案细节，而这些容易缺失的细节却在《廉政行动》系列电视剧中得以淋漓尽致地展现。教师授课时举例可更加细致生动。

同时，上述两门课程理论性较强，若单纯依靠老师理论讲授，学生在缺乏相关知识背景的情形下，势必感觉晦涩难懂或枯燥乏味。适当引入影视作品于教学过程，结合影视剧中的具体场景或情节讲授知识要点，可活跃课堂氛围，提高学生的学习兴趣和注意力，加深学生对知识点的理解和掌握。

但需要注意的是，由于课堂教学时间有限，不适宜在课堂中长时间播放影视作品。以每节课40分钟的课堂教学时间计算，播放影视剧的总时间以3~5分钟为宜。如前所述，教师在开始授课前，需要提前梳理教学要点，认真选取适当案例。课堂教学中，当讲授到某个教学要点时，可直

接切入影视剧中呈现该要点的场景或情节,由此既有针对性,又可以控制时间。

此外,对于具有代表性的典型案例,教师可选择 1.5 小时内的影视作品,提前指定学生在课余时间观看,并布置需要思考的问题,待上课后,就相关重点问题加以讨论。如《廉政行动》系列剧集,每集仅 40 分钟,可选取《黄金枷锁》《沙丘城堡》两集让学生观看,让其思考通过这两集内容,可以反映出廉政公署反腐调查制度方面的哪些特点。上课时加以讨论,教师点评,可达到事半功倍的教学效果。

青年论坛

写实本格派刑侦推理电影的叙事分析

——以《祈祷落幕时》为样本

林　曦[*]

摘要：由于侦查活动具有"认识犯罪"与"展开侦查"两个内容，因此，以侦查活动为叙事对象的刑侦电影往往面临这样一个问题：如何合理地安排侦查叙事与犯罪叙事？叙事结构的安排与电影功能的导向密不可分，写实本格派刑侦推理电影重新思考了刑侦电影的社会功能，意图在社会反思、信息传递以及内部功能性上进行深化与完善。作为该类型电影的代表，《祈祷落幕时》具有典型的样本意义。通过对电影《祈祷落幕时》的叙事分析，展现其独特的艺术魅力：它不只在结构与功能命题上展开思考，还运用"分而述之""由分到合"的叙事策略，在电影的表现形式上进行创新，对"侦查叙事"与"犯罪叙事"完成了深度统合。它进一步促进刑侦电影的社会功能反思，也为刑侦电影的创作提供了创新的思路。

关键词：刑侦电影；侦查推理；写实本格派；电影功能

刑侦电影具有独特的叙事对象——侦查活动。与普通电影类型不同的是，电影在围绕"侦查"这个核心叙事内容展开之外，总是绕不开"犯罪"这一内容。当然，这是由侦查职能产生的原因所决定的。马克思主义认为，犯罪直接产生了刑罚、警察和监狱，并促成了侦查职能的出现。[①] 因此，当电影将"侦查活动"作为叙事对象时，本身就无法回避"侦查之指向"（即犯罪活动）。于是，刑侦电影便天然地牵涉了"犯罪"

---

[*] 林曦，华东政法大学公安法学研究生。

① 任惠华主编：《侦查学原理》，法律出版社2012年版，第122页。

与"侦查"这两个永恒的主题。对于叙事而言,"如何讲述侦查与犯罪两块叙事内容"以及"如何妥善处理两者之间的关系",成了对刑侦电影进行叙事安排时所必须考虑的基础命题。特别是在探讨电影美学"形式论"的今天,元素之间如何彼此依赖、如何相互影响,①是检视、评价、创新刑侦电影的重要参考标准。

社会派推理电影在这一命题上较早地进行了尝试与探索,将促成犯罪动机的社会因素纳入创作范围是其一大特色。借鉴社会派推理的思路,以本格推理为主基调,东野圭吾意图在本格推理中融入"真实感、现代感、社会性"的三方考虑,②形成了自身独特的文学样式——写实本格派③。《祈祷落幕时》④是该类型电影中的上乘之作,尤其是在"侦查""犯罪"两者之间的关系上进行了细腻的处理,使之摆脱了"侦查""犯罪"两部分内容在结构上严重割裂的情况。本文通过对电影《祈祷落幕时》叙事结构的分析,梳理写实本格派刑侦电影"分而述之""由分到合"的叙事策略,以期为刑侦电影实现"犯罪"与"侦查"元素的合理安排提供样本经验。

一、写实本格派刑侦推理电影的叙事:结构与功能

侦探文学的吸引力不在于它表现的案件本身,而在于它所表现的案件的叙述技巧,因此侦探文学的美学价值往往集中体现在结构方面。⑤对于整部刑侦电影的结构来说,最为重要的内容并不仅仅是个别罪案的要素设计,除此之外,还有更为基础的命题——处理"侦查"与"犯罪"的关系。至于究竟如何对"侦查""犯罪"进行妥善的安排、形成合理的叙事

---

① [美]德波维尔、汤普森:《电影艺术》(插图修订第 8 版),曾伟祯译,北京联合出版公司 2015 年版,第 66 页。
② 艾江涛:《另类与流行》,载《三联生活周刊》2018 年第 51 期。
③ 秦思思:《东野圭吾推理小说特色解析》,湖南大学 2012 年硕士学位论文。
④ 电影《祈祷落幕时》由福泽克雄执导,李正美、东野圭吾担任编剧,阿部宽、松岛菜菜子、沟端淳平等人出演。电影改编自日本作家东野圭吾的同名推理小说,小说曾荣获第 48 届吉川英治文学奖。
⑤ 于洪笙:《重新审视侦探小说》,群众出版社 2008 年版,第 196 页。

结构，则需要介入"结构—功能"的分析框架，以此来揭示不同类型电影创作所欲传达的不同信息。

（一）写实本格派推理的叙事结构

在推理文学领域，大体上存在着本格、变格、社会派推理三种类型，这些不同类型的作品均尝试着对"侦查""犯罪"二元关系做出合适的安排。例如，本格推理以"侦查"为认知视角，通过"侦查人员"运用科学手段、逻辑推理等方式对案件进行分析，在本质上是一个"破题解谜"的活动，所以电影中对"犯罪"的精心设计纯粹是为了展现"侦查活动"而服务的。

而写实本格派推理电影的创作理念与本格推理电影相去甚远，它并不将侦查活动仅仅视作一种智力游戏，也不标榜侦查人员[1]所具备的严密逻辑、科学推理、博闻广识，也不将"侦查破案"视为案件的完满结局，相反，它用很大的故事篇幅集中探讨罪犯的行凶动机，并在侦破过程中挖掘罪案发生的社会根源。[2] 以《祈祷落幕时》为例，它在叙事结构层面上的直接反映便是，整部电影似乎被"拦腰截断"，十分鲜明地划成了两个部分：第一部分是关于侦查的故事，它站在侦查人员的角度进行叙事，对一起起罪案进行直接观察，从实地勘验、现场访问、情报整理、线索分析等入手，展现逆向认识思维，以此来认识罪案与犯罪；第二部分是关于犯罪的故事，它站在犯罪人的角度进行叙事，从一个"事件转折点"入手或者讲述某一社会因素对犯罪人的影响，描述犯罪人在何时、何地、何

---

[1] 由于不同国家（地区）法律制度对侦查职能的设置存在差异，"侦查"这一活动未必均由"警察"进行。特别是在一些"双轨制侦查主体"构造的社会中，民间侦查人员也普遍参与诉讼活动，正是在这种社会背景下，才产生了大量的侦探文学。需要注意的是，即便在"单轨制侦查主体"构造的社会中，通过律师介入侦查的方式，也能为律师扮演"侦探"角色提供制度保障。此外，由于互联网、大数据等科技的发展，此前通过公权垄断的侦查活动也逐渐成为开放地带，例如，文学作品中时常出现"黑客侦探"的形象。总之，本文所言的侦查并不仅指法律规定的有权机关及人员查明案情、收集证据的活动与措施，而是将侦查作为一种认识犯罪、查明真相的活动，因此，本文所言的"侦查人员"也泛指那些主导认识犯罪、揭开罪案迷雾的人员。

[2] 张净雨：《日本推理电影改编中的视觉性与社会性》，载《当代电影》2017年第9期。

因、如何偏离正常的人生轨道，最终走向犯罪的深渊。

（二）叙事结构的功能分析

哲学中，结构和功能之间的普遍观点是：结构决定功能，功能表现结构，对结构有反作用。① 在电影叙事学的研究中，我们同样需要对电影的叙事结构进行功能分析。以本格推理作品为例，"犯罪"之于整部作品而言，起到的功能不外乎提供"谜题"以及给"破题解谜"提供一个可供比照的参考答案，因此，在"结构—功能论"的指导下，它在叙事结构上往往反映为"犯罪内容"所占的比重远远不及"侦查内容"。20 世纪五六十年代，因不满于本格或变格推理文学的"故事大同小异、人物千人一面"的情况，社会派作家们意欲用隐喻曲折但又尖锐锋利的笔触，尽可能在广阔的社会背景中展开故事情节，多侧面地展示日本现实生活中错综复杂的社会关系。② 这种提高推理小说思想性和艺术性③的尝试同样发生在写实本格派文学作品上。推理作品将犯罪叙事的篇幅大大提升，使得刑侦推理电影的功能导向已在不知不觉中发生了变化。

一方面，写实本格派推理电影功能的导向，已经不再满足于展现侦查推理活动这种近乎"智力游戏"的一面。将"侦查活动"仅仅视作"智力游戏"，容易淡化面对犯罪活动时应有的严肃氛围，同时在创作中，也容易出现"为了游戏的可行性而人为制造过分的悬念、误会与难题"的倾向，损害电影的真实性和作品的可接受性。而且这种智力活动似乎并不能回应处于剧烈变革时代的社会需求，因此，写实本格派推理电影选择将目光放在了"犯罪"身上，需要对"犯罪"做出合理的安排，这就包括了犯罪的前、中、后三个阶段，即"犯罪原因—犯罪施行—犯罪结果"。该类型的推理电影十分热衷于对犯罪的社会原因进行分析与刻画，并以此为抓手，对社会问题展开反思、进行批判，这是电影作为一种艺术形式自

---

① 王德生：《论结构和功能》，载《吉林大学社会科学学报》1993 年第 1 期。
② 李德纯：《日本社会派推理小说》，载《文艺评论》1985 年第 1 期。
③ 于洪笙：《重新审视侦探小说》，群众出版社 2008 年版，第 56 页。

觉地实践和承担着探索创造世界的功能。①

另一方面，它扩大了传统推理电影信息传递的功能。电影对犯罪的叙事，特别是增加对犯罪原因的细腻刻画，这些努力都表明它在试图回答这样一个问题：罪与非罪的界限究竟在何处？本格推理中，犯罪往往是从天而降般呈现一个个罪案，"穷凶极恶""罪大恶极"的刻板印象影响着受众对作品中罪犯的主观态度。但是，写实本格派推理电影似乎还在述说犯罪是从什么时候"孕育"的，而且这种"孕育的因素"究竟在何种价值位阶上具有谴责性。等看完整部电影时，受众也总是怀着一份沉重的心情，往往不能"非黑即白"地看待这些罪犯。从这个角度来说，将叙事镜头对焦犯罪与犯罪人，多层次地向观众展现人物生活的轨迹，有利于设计丰富的情节、塑造立体式的人物形象、构造多维度的价值评价标准。

此外，就电影的内部功能而言，写实本格推理电影增加犯罪的叙事内容，对侦查叙事也起到了信息补强的作用。侦查人员受主客观条件的限制，导致侦查认识活动存在着"被动的模糊思维"②。而加强"犯罪内容"的叙事，既可以提供社会资料信息，为侦查认识活动提供依据，也可以填补那些无法由侦查、推理活动所得到的犯罪信息，提高侦查叙事的完整度。

二、"分而述之"：电影叙事的结构分析

从结构分布的角度来说，推理电影将叙事划分成"侦查"与"犯罪"两个部分，尽管这种划分并不都是按照电影进度的节点作为标准，而且也未必严格按照叙事进度一分为二，但总体而言，将"犯罪"与"侦查"分而述之的叙事方式属于写实本格派推理作品的一大特色。《祈祷落幕时》就是其中典型的代表，在近120分钟的电影中，有约65分钟的时间属于侦查叙事，35分钟左右的时间属于犯罪叙事，而且这两部分的叙事

---

① 汪天云、蒋为民、杨志勇：《电影社会学研究》，上海三联书店1993年版，第193页。

② 任惠华主编：《侦查学原理》，法律出版社2012年版，第231页。

密度大、叙事聚集程度高。

(一) 充分的叙事空间

刑侦电影通过采取"分而述之"的叙事策略回避叙事线索的矛盾，这种矛盾是由侦查与犯罪本身的逻辑导致的：侦查认识活动是一种严格的"执果索因"的逆向认知思维；而犯罪活动本身又是"由因导果"的正向发生逻辑。所以，这种割裂式的叙事处理可以给双方提供足够的空间，从而避免逻辑互扰、线索缠绕的麻烦。

对于侦查叙事而言，需要干净、准确的叙事空间来呈现案件的种种信息。在整个侦查叙事过程中，案件各要素的呈现具有动态性、复杂性的特点：第一，案件要素的浮现分散于侦查叙事的各个环节，这是因为案件要素的浮现是随着侦查活动的深入而不断发现、整理以及"去伪存真"的。例如，在影片中，当加贺恭一郎（阿部宽饰）因16年前母亲遗物的"日历"与罪案现场的"日历"存在着相似性，在经过笔迹鉴定之后，参与到了案件侦破中，于是侦查员们才在田岛百合子（伊藤兰饰）的遗物中发现了"留有多个指印的时刻表"这一线索。第二，案件构成要素决定侦查方法[1]，多个案件要素的存在意味着认识犯罪的多种途径，因此，电影叙事中需要采取多视角、多辅线齐头并进或者线索交叉的点阵型叙事方式[2]。电影中的侦破思路也是如此，时常在不同的侦查途径之间转换。比如，有警员想从押谷道子（中岛博子饰）千里迢迢从滋贺县琵琶湖来到东京这一反常行为入手，弄清反常行为的动机和目的，于是选择前往押谷道子生前工作地进行调查走访；有警员主张将两起案件进行串并，以扩大案件构成要素的信息，于是选择鉴定两案疑似同一人物的DNA以判明其中的根据；有警员主张从多次出现的"十二座桥"入手；也有警员主张从总与案件相涉的浅居博美（松岛菜菜子饰）入手……第三，案件要素的真实性反省活动会导致以其为基础的"推理大厦"轰然倒塌，让侦查叙事线索显得更为复杂。影片中，当"5·16流浪汉遭纵火遇害案"与"荒川出租公寓押谷道子遇害案"两案被害人的DNA鉴定不符时，加贺

---

[1] 郝宏奎：《侦查破案的基本规律》，载《山东警察学院学报》2008年第1期。

[2] 梁瀚文：《世界侦探小说发展史话 西方卷》，大象出版社2017年版，第31页。

恭一郎根据提取物证的习惯,对检材来源真实性提出了怀疑,这种纠错在逻辑上是通过否定前提进而否定了推理的结论,严谨地指出了侦查这一认识活动过程中存在的纰漏。在这些因素的影响下,侦查叙事的难度高,观众接受性更差,因此,割裂式的叙事结构是为数不多的选择路径。

同样,对于犯罪叙事来说,其独立性的叙事空间是实现犯罪叙事美学要求的保证。一方面,在写实的叙事风格中,犯罪人的饱满形象成为电影塑造的关键,在这种风格的影响下,电影中的凶犯往往不是单纯的大奸大恶,而是有着复杂内心的人,① 艺术对人性复杂论的不断发展,"脸谱化"的罪犯形象并不适合写实主义,尤其是在犯罪叙事这个将犯罪人作为绝对主角的叙事片段中。这种理念下,一段连续的叙事,不论是对人物塑造还是故事发展都显得尤为重要。另一方面,犯罪叙事的核心任务不是犯罪手法的设计与再现,而是在不断追问实施犯罪背后的原因。电影刻画了社会底层人民受到的伤痛,② 也在强调着犯罪人本身也是受伤的群体。影片中,浅居忠雄(小日向文世饰)走上流亡的道路是由于其妻浅居厚子(木村绿子饰)拿丈夫的印章向各处借高利贷"养"自己的情人,浅居忠雄是受了家庭之伤;同样地,其女浅居博美也因此受到同学们的欺负,也曾受到社会之伤。这种"社会因素→犯罪人形成→反作用于社会"的叙事类型存在着内有的逻辑性,连贯式的叙事表达可以体现人物对命运的抗争以及人物悲情形象的塑造。

(二)双重视角的审视

割裂式的叙事结构还造成了另一种美学的反思,即对同一元素、同一人物、同一情节都可能存在着双重视角的审视。当然,这种双重审视视角几乎是所有刑侦推理电影的共同特点。尽管在侦查叙事时还未对谜团进行"揭秘",但影片中角色的行为、言语、表情、措施等也应当表现在明知

---

① 尹燕燕:《日本推理电影的叙事风格与人物形象》,载《电影文学》2015 年第 24 期。

② 王月:《接受美学视域下推理小说的研究:以东野圭吾小说为例》,辽宁师范大学 2018 年硕士学位论文。

这个结论后应有的状态。① 这种双重视角的审视并不一定发生在静态的叙事元素上，也可能发生在故事中人物的互动中，在加贺恭一郎和金森登纪子（田中丽奈饰）一同前往浅居博美住处的片段中，金森登纪子在加贺恭一郎与浅居博美两人对话产生激烈交锋之时，适时地提出了要去一趟洗手间。这个片段存在着来自两个视角的审视，一是在未揭秘前对这一状态的审视，该片段之功能在于缓和了两人言语剑拔弩张之后的僵局气氛；二是在揭秘后重新回过头来对这一状态的审视，该片段之功能在于为金森登纪子提取浅居博美的头发检材提供了机会。

当然，共性之外的特殊在于，由于《祈祷落幕时》的特殊叙事结构的安排，让这种审视的空间可以不再局限于"逻辑理性"，还可以扩展到社会性信息缺失造成的思维盲区。例如，在侦查叙事中，加贺恭一郎回忆与浅居博美第一次见面的场景，有一句话令人印象深刻："我堕过胎，我没有母性，母性是会从母亲传给孩子的，就像接力棒一样，可是没有人传给我这个接力棒。"这句话如果仅在侦查叙事中来审视，我们恐怕只能得出如下两个结论：一是，该言语反映浅居博美曾承受过非凡的经历，是个"有故事"的女人；二是，对于没有母性的理解是由于堕胎造成的。但是，当经历了整个犯罪叙事之后，我们就可以清楚地发现，这里面另有深意：其一，浅居博美确实曾经堕过胎，这里牵涉了她与苗村诚三（及川光博饰）的爱情，这对她而言是一个重大的经历；其二，浅居博美的母亲早年弃家而走，这是造成她没有母性的另一个原因；其三，浅居博美对母亲持一种指责性、归罪性的主观态度。

（三）极致的对称美学

由于电影叙事结构的分立安排，完整的电影主要由两大部分构成，因此，如何将两部分的内容联系起来，是一个极为现实的问题。而《祈祷落幕时》则采用"对称"策略将两者统合起来，或许是为了让对称的策略一以贯之，电影将这种策略还蔓延到故事的其他构成部分，例如对人物元素的设计、对电影构图的选取，因此，整部电影不论是结构还是内容都

---

① 林曦：《刑侦电影创作中"电影真实"的实现路径》，载肖军主编：《刑侦剧研究》（第一卷），群众出版社2019年版。

呈现出一种极致的对称美学趣向。

首先，这种对称体现在叙事逻辑上，电影将"现场痕迹、走访调查信息等→犯罪人特征→重点嫌疑人→犯罪动机"的侦查叙事逻辑同"社会因素→犯罪人格（内驱）+犯罪情境（外部条件）→犯罪行为→社会反应的介入方式与评价"①的犯罪叙事逻辑对照起来，呈现出一种中心对称的元素排列。

其次，这种对称美学也体现在案件的人物关系设计上。如图1所示，整部电影核心的人物要素的分布存在着某种联系，当我们忽略处于案件的被害人元素（押谷道子）之后便得到了如图2所示的人物关系分布图，此时，以侦探为中心的家庭关系与以罪犯为中心的家庭关系之间的对称关联就十分明朗了。

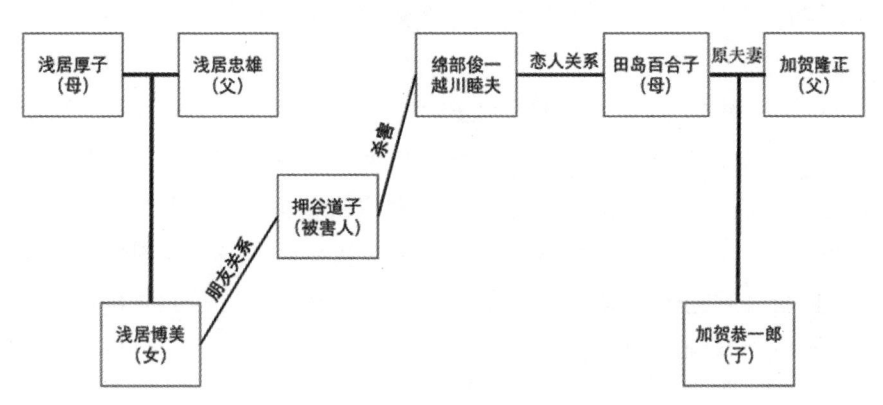

图1 《祈祷落幕时》主要人物关系

---

① 这种犯罪理论广泛地影响了许多文学作品的创作思路与方向。在犯罪学研究中，它是一种典型的犯罪生成机制。参见张远煌主编：《犯罪学》（第3版），中国人民大学出版社2015年版，第208-233页。

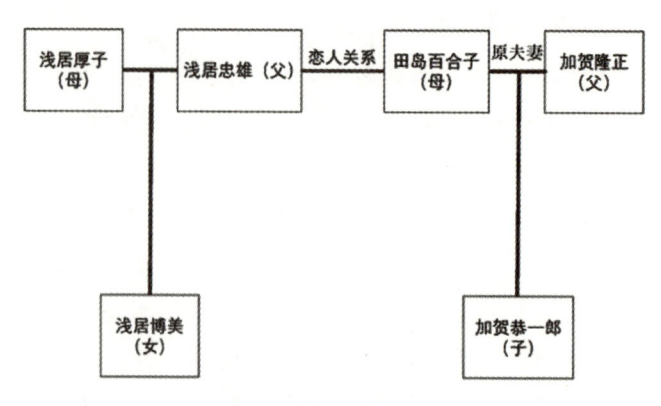

图2 对称的人物关系

最后，似乎是为了追求表现形式与叙事内容的一致性，这种对称结构在电影构图上也体现得淋漓尽致。整部电影几乎以对称构图为基调，这种构图的好处是强化了均衡的形式感，[①] 正是这种几乎每个人都自觉或不自觉愿意接受的构图方式，给罪案认知的过程打上客观、全面的心理暗示。影片一旦以对称构图为基调，那些非对称结构的构图片段就很容易凸显出来，这往往成为案中人的自白或者心理表达的重要空间。例如，影片的犯罪叙事部分，选择离家逃亡的浅居博美问父亲："爸爸，我们以后怎么办啊？"父亲讲述延历寺僧人对抗将军足利义教而放火自尽的故事，这一片段采用了"非对称"的电影构图，在低调光的作用下，产生低落、压抑，甚至绝望的情绪氛围，[②] 预示人物命运的走向。

三、"由分到合"：电影叙事内容的整合

如果说"分而述之"是各部分叙事独立性的保证，那么为了满足电影整体性、一致性的内在要求，电影叙事必然还需经历"由分到合"的过程。《祈祷落幕时》在这个环节做了很多努力，这不仅体现为叙事通过"犯罪人回忆"展开犯罪叙事，两者的联系程度还深入到案件元素的设计，电影甚至将之作为案件侦查的突破口，实现了两部分叙事的高度

[①] 杨远婴主编：《电影概论》，中国电影出版社2010年版，第27页。
[②] 杨远婴主编：《电影概论》，中国电影出版社2010年版，第7页。

融合。

（一）将对称的人物关系作为破案的依据

长期以来，在"探案人—犯罪人"二元格局下的人物关系往往表现为对抗的状态，这并不利于将故事的分立叙事统合起来。《祈祷落幕时》通过对人物关系之间的对称式设计，让这种统合不再浮于表面。影片刻意地设计两方人物关系，是为了将这一对称性关系引入侦查人员对犯罪的认识活动中。更精准地说，这种对称的人物关系是影片设计侦查认识难题的素材。通常来说，电影为了突出侦查活动的独特地位，一般要设置一些"障碍"，这些障碍可以阻碍或误导剧中其他侦查员以及观众对刑事案件的精准把握，普遍而言，障碍的设置来自两个部分，一是逻辑错误，二是社会信息缺失[1]，但是在《祈祷落幕时》中，这种障碍却来自侦查人员的情感认同。

影片中，当案件陷入侦查僵局之后，最终迎来了破局的关键时刻。加贺恭一郎走在城市的道路上，夜幕覆盖下的黑色仿佛深邃到不可体察，背后的市井生活、车水马龙仿佛与自己无关，只有心里不断的反思与追问，当排除了所有的可能，侦查的关键点难道落在自己身上？"全日本能教剑道的人有这么多，为什么一定要找加贺恭一郎""为什么浅居博美可以对只有一面之缘的加贺恭一郎敞开心扉，赤裸地展现自己紧密隐藏的心伤"……这些追问，将故事从简单的人物关系对称进一步落在事件因果关系的对称上。这种对称的因果关系具体表现为：浅居博美想知道分离后父亲（浅居忠雄）的生活情况，也想知道与父亲在一起的田岛百合子的情况，若是百合子已经去世，那么了解百合子的儿子（加贺恭一郎）也大概能推知一二；同样地，加贺恭一郎之所以调离警视厅搜查一课，留在日本桥警署就是为了在这片地方找到绵部俊一，找到这个生前陪在母亲身边的男人，以此探知母亲分离之后的生活是否幸福。这种同理换位的情感共鸣和感情缺口的对称成为突破侦查僵局的"抓手"。

---

[1] 参见梁瀚文：《世界侦探小说发展史话西方卷》，大象出版社2017年版，第13-19页。

（二）将分离的认知与感知视角进行统合

写实本格派推理电影需要接受叙事视角转换导致的异常严格的考验：一方面，这是因为推理电影必须反映侦查主体的认知活动，从这个角度说，当叙事视角并行于认知视角向前推进的时候，需要照顾侦查认知活动的反复性；另一方面，《祈祷落幕时》割裂式的叙事结构又不单单满足于侦查活动的进行，它还需要通过对犯罪形成的讲述揭示社会问题，这种视角其实仅仅是作为我们观影人在银幕外感受到的，所以，这种感受视角也不同于案中人的认知视角。因此，当观众的感知与剧中人的认知产生分离时，就需要电影对这种分离做出必要的安排。

许多时候，压缩了多个场景的镜头将叙事部分快速略过，这时候观众的感知与剧中人的认知就体现为"不同步"的特点，影片中松宫修平（沟端淳平饰）一行在面对琵琶湖时，松宫修平就发出了感慨——"一看到这似乎要吞没一切的琵琶湖，我就感觉这案子像在寻找沉在湖底的一颗小石子一样艰难，让人捉摸不透"，这是通过人物内心自白的方式，将经历工作数日却无果而终、错综复杂又毫无头绪的情感渲染出来，以此弥补观众感知与局中人认知之间的差异。这种差异的弥合，一方面是侦查工作镜头选取性剪辑之后必须交代的内容，另一方面它同样在渲染着"侦查不可知论"威胁下的侦查员无能为力的无助情绪。

此外，当这种分离在面临"犯罪叙事"与"侦查叙事"交接时（包括两部分叙事的分离与重新对接），同样会面临如何同步双方感知与认知的问题。在电影后期，以侦查叙事重新对接犯罪叙事为例，观众已经看过了犯罪叙事中细腻的情感表达以及犯罪的发生过程，但是这些内容是以浅居博美这个犯罪人的口吻自述的，观众可以看到悲情故事的发生，明白动机产生的原因，但是剧中的警察们并不知道，而且这种动机的促成因素涉及细腻的情感变化与非常规下的感性知识的传递，不可能仅以常识、常理、常情来弥合双方感知与认知的缝隙。因此，为了在犯罪叙事之后重回侦查叙事，保证电影叙事主线的完整，电影刻意设置了"剧中侦查员发问、加贺恭一郎（对这种情感因素感同身受）回答"的形式以弥补这种视角的差别。

(三) 将情感矛盾的和解与犯罪破案的关键相结合

电影毕竟是以侦查人员为中心讲述故事的发展的，因此，在统合两部分叙事之时也同样要以侦查人员为叙事的主要动力。依循这个思路，电影《祈祷落幕时》大胆地让侦查员对凶手产生惺惺相惜的感觉，[1] 以实现情感信息的获得，找到破案的依据。

一方面，这种统合的设计将主线的案件谜团与支线的人物情感纠葛关联起来。幼年时母亲抛家弃子、不告而别，加贺恭一郎将之归结于父亲工作繁忙常年不归家导致母亲只能独自一人饱受夫家亲戚的非难，[2] 于是对立了两者之间的情感矛盾。而突破点是：金森登纪子告诉加贺恭一郎，父亲在临终前曾经说过："离开了人世我就可以自由地看着那个家伙了（指加贺恭一郎），肉身对我来说只是束缚。"电影将加贺恭一郎与父亲加贺隆正（山崎努饰）的情感和解作为一把钥匙，打开罪案的大门——解读情感线索，循迹浅居博美的犯罪事实。随着探案的深入，逐渐感受到父亲对儿女的无私大爱，甚至如浅居忠雄这般"为了孩子可以抹去自己的存在"，只为守护孩子的幸福。倘若加贺恭一郎没有与自己、与父亲进行感情上的和解，想来是无法推知罪案真相的，因此，探案探的是人心，解的也是心结。

另一方面，这种统合设计也同样将影片主题引向家庭父子（女）之间的大爱。这种爱的表达方式或许多种多样，有如加贺隆正这般不辩解、不表达，远远地看着孩子，也有如浅居忠雄这样愿意为了孩子抹去自己在世间的痕迹，甚至愿意为了孩子选择自尽。但这种爱总是殊途同归——哪怕是面对死亡也不再恐惧，反而成了一种解脱。

如果从社会之痛来看，电影似乎是讲述原生家庭之殇：剧中两位出走的母亲，都是子女孤寂无依的根源，而两位父亲近在咫尺同时远在天涯，

---

[1] 谢彩：《中国侦探小说类型论》，上海大学出版社2012年版，第135页。
[2] 按照电影叙事，由于田岛百合子服务业的出身（另一译为"陪酒女"）受到了夫家亲戚的恶劣对待，甚至是欺负与霸凌。

一位到死都不求儿子原谅，一位必须道路以目。① 这种"弃子而去"给儿女们的人生道路留下了不可磨灭的"后遗症"，加贺恭一郎与父亲之间产生了严重的情感隔阂，同样地，浅居博美也要活在被欺负而无助的社会环境中。好在，最后剧中人终得以实现情感的和解。只是，这种和解对"凶手"而言，未必十分圆满。他们要做的和解，并不是与某个个人的和解，而是同社会的妥协、同命运的抗争。但是，电影悲剧色彩浓厚的情境似乎是在说：这个世界留给他们的选择并不多，死亡是交换爱的唯一方式。② 当荒川边上流浪汉的塑料棚燃起大火，当《奇闻曾根崎殉情》的大幕拉上，观众的掌声响起，浅居博美被警察带走，这漫长的悲剧终于落幕了。

结　语

作为写实本格派推理电影的代表作，《祈祷落幕时》通过"分而述之""由分到合"的叙事策略，将侦查与犯罪两个叙事部分清晰地展现出来，它为"如何讲述刑侦故事""如何处理犯罪与侦查两个叙事内容"等问题做了探索，更为重要的是，它接续着社会派推理电影的创作初衷，细腻地描写犯罪的社会因素与人际感情，使本格推理摆脱"纯粹的智力游戏"的定位，散发出理性与感性的气息。在某种程度上，写实本格派推理电影的出现，是刑侦电影的功能性反思与美学的重新审视，一方面，它的谜团来源从过去的逻辑谜团扩展到社会谜团甚至是情感体验等特殊内容；另一方面，它将社会的复杂、价值的辩证还原给观众，少了脸谱化的形象与黑白分明的判断，让推理有了感性的空间，让影片多了些温度。特别是在当今中国，在强调"天理""国法""人情"兼顾的法治社会进程中，刑侦电影的创作似乎也需要回应这一命题——如何合理安排侦查与犯罪叙事、采用何种元素的设计以及实现怎样的社会功能，这是刑侦电影艺术发展过程中的必答题。

---

① 曾念群：《即使黑暗弥漫，也要留守曙光》，载《北京日报》2019 年 4 月 26 日，第 13 版。

② 咖啡小小：《以爱之名〈祈祷落幕时〉：爱到极致是杀戮》，载《世界博览》2019 年第 9 期。

刑侦动漫《名侦探柯南》中的法治思想探析

李智伟[*]

摘要：日本刑侦动漫《名侦探柯南》已经连载二十多年了，在中国市场取得了巨大的成功。整部动漫中展现出了许多让人闻所未闻的犯罪动机和行凶手法，也时刻充斥着法律与正义。剧中涉及许多刑事侦查学、法学、法医学的专业知识，在无形中对法律与正义的传播有着促进作用，尤其是主人公柯南的证据意识贯穿了整个剧集，笔者梳理了部分剧集中的相关专业知识，对此进行探讨。

关键词：刑侦动漫；《名侦探柯南》；法治思想

《名侦探柯南》讲述的是高中生侦探工藤新一因为偶然听到黑暗组织成员的谈话被灌下名为"APTX4896"的毒药，导致身体缩小。之后在阿笠博士的帮助下化名江户川柯南住进私人侦探毛利小五郎家中，借毛利侦探之名解开了许多悬疑案件。《名侦探柯南》每一集设定的故事背景中，都充斥着暗杀、暴力等不安定犯罪因素，让观众产生一种恐惧心理，但剧中又及时地让法律来维护公理，每一个犯罪分子都不能逃脱法律的制裁。《名侦探柯南》中首次出现律师是第26集《爱犬约翰杀人事件》。这一集涉及的是青少年校园暴力问题，涉案律师坂口正义自称："法律不能制裁凶手便用正义制裁。"但不管原因如何他都犯了不可原谅的过错，必须受到法律的审判，法律依然是正义的化身。法律必须有严格的执行过程。在《周一晚上7:30杀人事件》中也说到法律要讲求证据，若没有证据便无法将犯罪人绳之以法。但这种情况可以通过不断挖掘证据来缉拿凶手，因

---

[*] 李智伟，中国政法大学研究生。

为根据日本法律规定，杀人案的追诉期为15年，民事案件则是20年（《二十年后的杀机圣佛尼号连续杀人事件》），盗窃案的追诉期是5年（《买卖繁盛的秘密》）。起诉的时效应排除凶手在国外的时间（《本厅刑事的恋爱物语3》），而拘捕嫌疑犯需要向法官申请拘捕令，并不能私自为之（《一直说谎的委托人》）。

一、《名侦探柯南》中的证据问题

《名侦探柯南》中的柯南每次在寻找凶手的过程中，解开犯罪手法后经常会自言自语地说："但是还缺少（决定性的）证据。"而其后沉睡的小五郎（有时候是园子、平次或者其他人）说明犯罪手法并指明某个犯罪嫌疑人的时候，犯罪嫌疑人往往会说故事编得很精彩或者推理很精彩，但是证据呢？小五郎（其实是柯南）就会抛出证据，犯罪嫌疑人往往就"跪"了。这说明，证据极为重要，无论是刑事案件、行政案件，还是民事案件都需要证据，故而有所谓"打官司就是打证据"的说法，甚至可以说证据是诉讼的核心。

（一）剧集中的案件证据都足以给被告定罪吗？

假如《名侦探柯南》里的案件都进入了刑事诉讼，那么每个案件的证据是否足以给被告（犯罪嫌疑人）定罪呢？要回答这一问题，首先必须了解刑事诉讼的证明标准。刑事诉讼的证明标准，一般公认是"排除（一切）合理怀疑"，即检方（检察机关）要证明犯罪成立，所提供的证据必须能够达到"排除合理怀疑"的标准，也就是结论是唯一的，没有其他可能性；反过来就是"疑罪从无"，即犯罪还存在疑问时就是无罪。可以说，这一标准是法治国家的通行标准。日本法律并未规定刑事诉讼的证明标准，但理论和实践均认可并遵循上述标准。

应该说，在《名侦探柯南》中，绝大多数案件的证据都足以将犯罪嫌疑人（被告）定罪，但也有少数案件存在疑问。譬如，第570集《证实几率为零的犯罪》中的案件符合未必的故意。要证实未必的故意，需要一定的间接证据，这集案件的间接证据不够（犯罪嫌疑人发出去的短信找不回来了，实际上，调查电信公司的记录还是有可能找回来的），最后是犯罪嫌疑人自己承认了罪行。

(二) 剧集中小五郎都是证人吗？

日本刑事诉讼法理论将证据分为证据方法和证据资料。证据方法是作为认定事实素材的人或物，分为人证（口头证据）、物证（证据物）和书证（证据文书）；证据资料是通过证据方法获得的内容，可分为言词证据和非言词证据。如果对证据方法进行调查，就能获得证据资料，如询问证人就能获得证人证言。如果根据这一要求，那么小五郎并非都是证人，其陈述也并不都是证人证言。

证人必须是亲身感知案件事实情况的人；证人证言，是指证人就自己所知道的案件事实情况向公安机关、司法机关所做的陈述。据此，小五郎"沉睡"之前确实是证人，其陈述的确实属于证人证言。小五郎"沉睡"之后揭露案件真相的陈述虽然结合了其个人对案件事实的感知部分，但实际上已经远远超出了其感知的部分，这超出的部分自然不能算作证人证言。

(三) 为什么目暮警官不敢搜查？

证据能力，是指一项材料作为证据使用的形式资格（即是否会被法院采纳）；证明能力（证明力）则是对证据在认定事实中所能发挥作用的实质性价值评价。刑事诉讼中，首先要判断证据是否具有证据能力，然后再考虑其证明力。

第505集《律师妃英理的证言（前篇）》、第506集《律师妃英理的证言（后篇）》中，目暮警官对犯罪嫌疑人叶坂皆代说："叶坂小姐，为了慎重起见，能不能让我们调查一下你现在住的地方？"妃英理回应道："请恕我们拒绝。根据（日本）宪法第35条规定，任何人的住所、文件及物品有不受侵入、搜查及扣留的权利，在排除逮捕的情况下，如无依据正当理由签发并明示搜查场所及扣留物品的令状，上述权利不受侵犯。如果一定要搜查，能否请你们申请到法院的逮捕令或搜查令之后再进行？何况她现在处于不可能犯案的情况下，应该也申请不到吧。"目暮警官无言以对，最终也没有搜查。因为目暮警官知道，除了在法律特别规定的情形下（日本《刑事诉讼法》第220条），没有搜查令就进行搜查是违法的，违法搜查取得的证据是没有证据能力的，即不会被法院采纳。这是源于非法证据排除规则。非法证据排除规则，是指以非法手段取得的证据，不得被采纳为认定被告有罪的根据（即没有证据能力）。非法搜查、扣押取得的证据就适用这一规则，虽然日本法律没有明文规定，但 1978 年日本最高法院在判例中认定非法搜查、扣押取得的证据应当排除。法治发达国家一般认可该项规则。

其实，妃英理本来完全不需要引用日本宪法的规定，只需要引用日本《刑事诉讼法》第 218 条（检察事务官或者司法警察职员，勘验为实施犯罪侦查而有必要时，依据法官签发的令状，可以进行查封、搜查或者勘验。在此场合，对身体的检查，应当依据检查身体的令状进行）的规定即可。妃英理之所以引用宪法规定，一是强调人权，二是强调警察不能违反宪法，因为在日本，违反宪法是很严重的违法。

二、《名侦探柯南》中的时效问题

在第 174 集《二十年后的杀意——新佛尼号连续杀人事件》中，小五郎说："（达才三他们抢劫并杀人的案件）五年前已经过了时效了。"服部平次回应说："难道你忘了，杀人案的时效是十五年没错，但《民法》规定二十年之内都是法律追诉期，当事人让他们还钱就一定得还。"这里的"时效"是日本《刑事诉讼法》上的公诉时效，所谓公诉时效，是经一定期间后，就不能提起公诉的制度。

（一）公诉时效的根据

关于规定公诉时效的根据，有不同的学说。其中一种是准受刑说，该学说认为，犯罪人犯罪后虽然没有受到刑事追究，但长时期的逃避与恐惧所造成的痛苦，与执行刑罚没有太大差异，可以认为已经执行了刑罚。第 542 集《鱼儿消失的一角岩（前篇）》、第 543 集《鱼儿消失的一角岩（后篇）》中冲矢昴（赤井秀一）为了救步美，对犯罪嫌疑人说了一番话，就是准受刑说的最好注脚。冲矢昴说："只有 0.12%，这是罪犯远走高飞的成功率，1000 个人中只有 1 个人的比例，然而，在这些受到恶魔保护的人中，为隐藏真实身份而终生都必须过着心惊肉跳的生活，除了那些自首和自杀的人之外，能得以成功的人几乎等于零，最终你能忍受那种孤独感和巨大的压力吗？"

此外，改善推测说认为，既然犯罪后长时间没有再犯罪，可预想犯罪人已经得到改善，没有处刑与行刑的必要；证据湮灭说认为，犯罪证据因时间流逝而失散，难以达到正确处理案件的目的；感情缓和说认为，随着时间的流逝，对犯罪的愤怒情绪得以缓和，不一定要求给予现实的处罚；尊重事实状态说认为，没有追诉犯罪或者没有执行刑罚的状态持续了很长时间后，事实上形成了一定的社会秩序，如果通过进行追诉或者执行刑罚来变更这种事实状态，反而有损刑法维护社会秩序的目的。这些学说都具有一定道理，可以结合起来。

（二）公诉时效的期间

第174集《二十年后的杀意——新佛尼号连续杀人事件》中服部平次说的"杀人案的时效是15年没错"，这里的15年就是公诉时效的期间。关于公诉时效的期间，日本原来的《刑事诉讼法》第250条规定："时效，经过下列期间而完成：一、相当于死刑的犯罪，15年；二、相当于无期惩役或者无期监禁的犯罪，10年；三、相当于最高刑期为10年以上的惩役或者监禁的犯罪，7年；四、相当于最高刑期为未满10年的惩役或者监禁的犯罪，5年；五、相当于最高刑期为未满5年的惩役或监禁或者相当于罚金的犯罪，3年；六、相当于拘留或者科料的犯罪，1年。"所谓"相当于"是指法定刑的最高刑（法定最高刑），如相当于死刑的犯罪就是指法定刑最高为死刑的犯罪，如日本《刑法》第199条的（普通）杀人罪即是，所以服部平次说"杀人案的时效是15年没错"，确实没错。

但值得注意的是，2010年日本《刑事诉讼法》对公诉时效进行了修改，上述第250条的前三款的期间分别提高到了25年、15年、10年。修改的原因主要是：国民平均寿命增加、新技术的发展使得证据的收集不再困难、更加符合国际潮流等因素。

三、《名侦探柯南》中的刑侦问题

刑事侦查学内容是刑侦类文艺作品最主要的题材，《名侦探柯南》中可以说是集中体现。在笔者的统计中，300集有248集出现了专业刑侦的剧情。法医学知识、逻辑推理等专业内容在《名侦探柯南》中都有所体现。

剧集	刑侦专业知识
第1集	练过高低杠的人，大腿上都会长出独特的茧
第2集	衣服前面淋湿，后面却没有，这就是在雨中跑步的证据
第7集	外科医生的手指上有一条斜斜的痕迹。外科医生在手术的时候，通常会用两手的食指固定细细的线，以便打结，所以在食指的前端才会留下斜斜的痕迹
第16集	左手有细细的伤痕，就位于手掌的拇指跟食指的中间，练习日本剑道的人把刀收起来的时候，常常会在这个部位受伤
第18集	氢氧化钠只要拿出来放在空气中，就会迅速吸收水分子成为液态的剧毒
第33集	把手电筒的头部拆掉，把里面的反射板拿下来，再将火柴放进反射板里，然后把这个正对太阳，让光线集中，就算是湿的火柴也能点着。短针指向太阳的时候，短针和十二点之间二分之一的方向就是南方，所谓的东方就在它左边的九十度角
第47集	溺死的人鼻子和嘴巴里都可以看到泡沫，耳朵里有少量的出血，这是从鼻子和嘴巴里进去的水对耳朵造成压迫的关系
第58集	人类死后的三十分钟到两个小时之内就开始僵硬，死后三十个小时之内身体会呈现最硬的状况。然后开始逐渐软化，大概七十个小时就会恢复原样。尸体周围的温度在三十五度左右，尸体僵硬和软化的速度会加速进行，只要二十四到三十个小时，死后僵硬就会开始软化
第71集	有机磷化学物，如果是轻微中毒，只会让人作呕或流口水而已，如果大量服用便会出现呼吸困难和脱水症
第96集	乌头碱，是能把神经麻痹的一种毒物，是从一种叫三乌根的植物中提取出来的，两毫克就足以使人致死，当毒素开始进入体内后，很快便能致命，是一种强力毒物

续表

剧集	刑侦专业知识
第110集	背部有一个好似被蚊子叮咬的红色斑点,就像是被冰锥刺到背部以后才留下那样一个斑点,如果那真的是利用冰锥所造成的伤口,看起来虽然不严重,但一般来说常常发生刺到肺或是内脏的情况,如果被刺到胸口会痛到无法呼吸,如果肺部被刺穿一个洞,即使想呼吸也因为肺部不能膨胀而导致呼吸困难
	……

四、《名侦探柯南》中日本的警察制度

在《名侦探柯南》中,虽然需要号称"日本警察救世主"的工藤新一和服部平次等侦探打开思路、拨开迷雾,警察们只要跟着锦上添花,"打打酱油"即可,但随着黑衣组织真面目的不断铺开和二十多年来大案层出不穷,对于日本警察制度,相信大家都会非常感兴趣。

要了解日本警察制度则要透过历史的维度,才能有全面的认识。1874年(明治七年),明治政府设立了东京警视厅负责处理东京的警察事务。在正式警察出现之前,治安的维护由武士浪人组成的武装警察团体维护,如《银魂》中的真选组、巡警组。川路利良大警视被任命为最初的警视总监,川路利良积极学习西方的警察制度,如巡逻制、警察记录、交班制度等,曾经亲自到欧洲视察过,为日本警察制度的确立立下汗马功劳。

日本警察性质主要分国家警察和地方警察,国家警察在警察厅工作,地方警察则是都道府县警察(日本行政区规划中"都"指东京都,"道"指北海道,"府"指京都府、大阪府,"县"指余下的43个县)。因为日本的地方警察由地方政府组建和指挥,各地方警察机关被称为警察本部,而且各都道府县警察本部分别接受各都道府县公安委员会的管理。其中比较特别的是,东京都不叫警察本部却叫警视厅,因为东京特殊的地位和在日本警察厅诞生之前,东京警视厅业已存在的历史原因,并且直接受警察厅监督由警察厅长官下达命令。警视总监也就是东京警视厅的最高长官,

即东京的"警察本部长"。这是日本警察阶级中的最高级别,因为警视总监的上级日本警察厅长官无警衔,如白马警视总监。其他地区的地方警察本部只接受日本警察厅的间接监督,警察本部的本部长则享有独立指挥权,它们是各自相对独立的机关。《名侦探柯南》中,和柯南他们打交道的便是警视厅,警视厅下辖总务、警务、交通、警备、警戒、公安、刑事、防范多个部门。其中受重视的实务部队,就是名称开头挂着"搜查"二字的四个课。

搜查一课:专门负责重大刑事杀人案件,其中的暴力犯罪搜查三系至十系:负责杀人事件,是目暮十三警部等人员所在的部门,高木涉巡查部长属于暴力犯罪搜查三系。搜查二课:负责的范畴为智慧型犯罪案件,如贪污、违法选举行为、诈骗、营私舞弊、渎职等,如茶木神太郎。搜查三课:负责的范畴为盗窃案件,如小偷、制作伪钞、买卖赃物、抢劫等,如百濑警部。搜查四课:负责的范畴为管制帮派分子、股市流氓等。此外,还有交通部的宫本由美和三池苗子。日本警察阶级由低到高的顺序:巡查→巡查长→巡查部长→警部补→警部→警视→警视正→警视长→警视监→警视总监。《名侦探柯南》里的目暮十三为警部,相当于警察分局局长,而佐藤美和子为警部补,即副局长。高木涉则为巡查部长。

此外,还有一个特殊存在的安室透,本名降谷零,日本公安警察派入黑衣组织的卧底,组织代号"波本"。上班不要工资经常请假,跑车满街飞,人有点黑,业务能力强。公安警察并非普通警察,隶属于警视厅警备局,是一个情报机关。调查对日本的破坏活动,主要包括搜集犯罪思想和集团犯罪情报及间谍活动。行动具有隐蔽性,比较神秘,情报网络巨大,类似美国中央情报局。

五、《名侦探柯南》成功的因素

首先,剧情设计颇有新意。剧情让原本的高中生变身小学生,"虽然身体缩小了,可是头脑依然好",通常是调查案件的警方无法破解罪犯精心设计的阴谋,案件进入无从着手的阶段,在一筹莫展之时,柯南洞若观火,识破玄机,借麻醉针、变声器等让糊涂侦探大叔"说出"案件过程,那些危险、离奇的案件在严密的推理之中，真相曝光于人们面前。由于柯南受到毒药"APTX4896"的影响，有时能暂时变回高中生的身体，故事中充满科幻意味。剧中出现的"黑暗组织"一直带有神秘色彩，成为剧情发展的主线脉络。

其次，一方面情节上出人意料，另一方面在思想情趣表现上，既生动活泼又健康深刻。这包括精彩的故事情节与独特的人物形象和严密的逻辑推理与深刻的人文内涵。在破解悬案时那种扑朔迷离的紧张、刺激、激动使观众获得了心理的满足和欣赏的快感，这也是柯南观众群年龄跨度大的原因之一。不断出现的各类案件和缜密精明的推理分析为其主要的情节支点，虽然没有脱离日本传统推理剧的框架，譬如密室隔绝、连续杀人、故弄玄虚、推理显凶、幡然痛悔等，但是作品的主题已不是普通动画所能承载的，还有其中包含的更深层的人性、社会大主题。这些内容渗透了作者对于人性的思考，渗透了作者的人生观、世界观和价值观。在故事中注入了一些健康向上的精神理念和价值理想，使作品始终投射出鲜明的人性关怀和人文内涵。

最后，柯南的文化内涵。《名侦探柯南》重视对日本文化，尤其是具有民族特色文化内容的表现。它的内容并不只是对特色文化浓墨重彩的描绘，而是自然的温润心扉，并不会给观众带去强烈的感官刺激，却能够将日本文化默植于观众。《名侦探柯南》并不是专属于少儿的动漫作品，它的适宜人群广泛。这里面包含幽默的情节、悬疑的案件、缜密的推理、道德的审视、文化的碰撞、人性的反思⋯⋯也许缺失任何一点，都不能让这部作品受到广泛赞誉，也不能让它影响深远。这样一部娱乐作品带来的不仅仅是对中国动漫的启示，还有其深刻的内涵。作品的内涵才能决定它流传的广度和深度。

因此，无论从何种角度来说，《名侦探柯南》都是一部有深厚的道德观念、分明的是非观和正义感、强大的受众基础、连载了逾二十年的好作品。

刑侦题材电影研究七十年

田淳之[*]

摘要：本文搜集整理了20世纪50年代以来，涉及刑侦题材电影研究的相关文献，大致以时间为序，梳理了不同历史时期研究者们切入研究的丰富阐述角度，厘清了刑侦题材电影与反特片、惊险片三者之间的附属与分离关系，总结了其指代名称的流变，并尝试寻找刑侦题材电影研究中的缺失，为后续研究提供方向上的指引。

关键词：刑侦题材电影；研究综述；七十年

前承古代公案戏是非善恶伦理规范的传统，外融西方侦探电影引人入胜而又悬念丛生的情节，以公安机关利用刑事侦查技术侦破各种各样扑朔迷离的案件为主要表现对象的刑侦题材电影，很早就出现在我国的艺术长河中，但直接针对刑侦题材影片的研究却出现得稍迟，尤其是相对于中华人民共和国成立后刑侦题材影片丰富的创作实践和观众经久不衰的热情，学界对其的研究却是略显单调和滞后的。其原因大致有二：一是每个时代有其独特的艺术及相应的理论话语，一些艺术概念、术语，包括影片的分类和命名等，都会随着时间的推移、语境的转变而产生新的变化。新中国成立之初，出于巩固政权大背景的需要，反映刑事案件侦查的影片常常是波澜壮阔的"反特片"或"惊险片"。但事实上，在对这两者的研究中，已经包含了部分对刑侦题材影片的研究，只是刑侦题材电影还暂未获得独立的空间。二是在中华人民共和国成立后的二三十年中，政治上的功利性原则，导致当时的群众对刑侦题材影片产生的观赏欲和创作欲大大超过了

---

[*] 田淳之，重庆大学电影学院2018级研究生。

对其展开研究的兴趣，加之思想上的高度一体化与文化上的禁锢，使得刑侦题材电影研究并不具备应有的开放思想和文化环境。可以说，直至20世纪80年代，我国的刑侦题材电影研究是非常欠缺的，真正以刑侦题材影片为对象的研究到90年代末才出现。

一、附属于强势电影范式下的刑侦题材电影研究

刑侦题材电影一开始并没有一个明确且统一的指代名称，这是因为其主体内容和所涉及的案件类型，往往是随着社会政治、经济和文化语境的变化而不断变化的，是立足于法律基础并贴近于政治气候的。这一创作特点，也使得刑侦题材电影承担起了记录社会风云剧变、反映点滴法治进程的重要任务。新中国成立之初，我国社会内部严重的暴力犯罪与黄、赌、毒等丑恶现象出现较少。这样的现实投射于大银幕之上，则使刑侦题材影片在思想内容上，附属于以宣传揭露敌对势力破坏颠覆活动、教育人民提高警惕为主要内容的"反特片"这一更强势的电影范式之下；在风格样式上，则以由苏联引入的"惊险样式"电影及其理论作为重要参照系。因此，在对相关文献进行检索后，我们可以发现在很长一段时间内，刑侦题材电影研究都被"反特片"和"惊险片"的研究范畴所覆盖。50年代末期，随着反特片、惊险片的数量和质量都达到了"十七年"时期的巅峰，对刑侦题材电影的研究也开始零散的衍生出来。这些文献侧重于对影片内容的介绍，同时也注重阐述在刑侦题材影片创作过程中所暴露出的艺术表现问题、人物形象塑造问题和政治意识形态问题。如《中国电影》1958年连续登载了几篇关于国产刑侦题材电影《徐秋影案件》的评论，该片是根据1955年《人民日报》上刊登的一篇名为《她为什么被杀》的报道，由长春电影制片厂于1956年改编拍摄而成的。尽管当时其创作人员与观众对该片的定义是"惊险片""反特片"，但在部分影评类文章，如《惊险影片创作的歧路——评影片"徐秋影案件"》中，作者金缕曲便已经明确表述了观点，"这是一件政治谋杀和刑事罪行交织在一起的复杂的案件。影片围绕着谁是杀害徐秋影的凶手和她为什么被杀的问题展开了戏剧冲突。"① 同时，该文作者还对片中存在的文艺创作方法上的问题作出了批评，"由于编导把公安人员侦探破案的过程弄得太细太繁，使人感到影片好像是一件刑事案件的说明书一样，缺乏激动人心的艺术感染力。"② 何雅洁的文章《评"徐秋影案件"的人物塑造》，同样提出该片"去追求复杂曲折的情节，把重点放在引起观众追究'凶手到底是谁'的兴趣上面，因而便使得影片出现了思想上的原则错误和情节上的破绽，降低了影片的教育作用"③，最终未能够通过批判走"第三条路"的女特务徐秋影和揭露反动势力的罪恶，实现对我公安人员机智、勇敢、认真负责高尚品质的歌颂。由朱智光撰写的文章《电影艺术要更好地表现肃反斗争的群众路线——看"徐秋影案件"所想到的》，则指出影片《徐秋影案件》缺少的重要东西是"肃反斗争的群众路线"，批评"从案件的侦察破案过程看，没有充分表现公安人员同群众相结合、公安机关的专门工作同群众识别相结合的工作方法。"④ 总而言之，这个时期的刑侦题材电影研究具有两个鲜明的特征：一是注重对单个具体影片的及时评价。《徐秋影案件》公开放映于1958年，同年便得到了及时评论，且其批评形成了较为突出的社会影响效应。二是电影批评实际上是政治意识形态批评。从不同的评论中可以看出，当时的人们认为，拍摄这类影片的根本目的在于教育群众时刻警惕反动敌对势力的侵害，在于表现党领导一切的根本路线，在于强调对敌特斗争的群众性，在于塑造我公安人员的坚定立场和智勇双全形象。因而，详细呈现公安机关案件侦破全过程的情节，便并非相关影片宣教功能得以实现的必需品，甚至在有些情况下显得多余与繁复。同时，需要指出的是，探寻"真理"或"真相"的观念和行为，在"十七年"期间也从未被提升至影片主题的高度之上。

---

① 金缕曲：《惊险影片创作的歧路——评影片"徐秋影案件"》，载《中国电影》1958年第12期。

② 金缕曲：《惊险影片创作的歧路——评影片"徐秋影案件"》，载《中国电影》1958年第12期。

③ 何雅洁：《评"徐秋影案件"的人物塑造》，载《中国电影》1958年第12期。

④ 朱智光：《电影艺术要更好地表现肃反斗争的群众路线——看"徐秋影案件"所想到的》，载《中国电影》1958年第12期。

跨越"文化大革命"时期的万马齐喑，20世纪70年代末期，伴随着相关影片创作的迅速恢复，人们对其展开研究的频率也大为增长。在这一阶段的讨论中，尽管刑侦题材影片仍未获得独立的研究空间，但不可否认的是，无论在其创作上还是在理论研究上，都明显获得了较上一时期更多的关注和更广泛的影响力。1979年，羽山以一篇发表于《电影艺术》杂志上的文章《对惊险片的一些探索》，开启了"文化大革命"后探究"惊险片"深奥与隐微之处的新篇章，他在这篇文章中提出惊险样式影片应具备"惊险、真实、清楚、新颖、深刻"这五个条件，同时作者还指出，惊险片的题材应该是广阔的，除了传统的反特题材外，"比如刑事案件（不是曾出过一个《徐秋影案件》吗），还有杂技表演、体育运动、地质勘探、防洪抢险等方面的现实生活，都可以提供创作惊险样式的素材。"[1] 可见，本时期的研究者已经逐渐开始意识到，"惊险片"或称"惊险样式影片"应是以影片对观众造成的心理感受为依据来界定概念的，而非特指某种影片的题材或类型，因此，就其本身而言，应是具有跨题材特性的。刑侦题材影片多以案件侦破的全过程为主要框架，并从中揭露社会现实问题、剖析犯罪动因、探究人性本位，刑侦题材显然是适合拍摄成惊险片的。1979年拍摄、1980年上映便立刻获得当年票房第二好成绩的《405谋杀案》[2]，俨然已经是一部比较完善、成熟的刑侦题材电影了，案件的调查、侦破过程与剧情的发展紧密相连，占据了整部电影的大部分篇幅，且每一步的侦查活动都环环相扣，得到了完整、连续的呈现。1980年，该片导演沈耀庭于《电影新作》刊物上发表了自己撰写的阐述类文章《惊险片也要努力塑造人物——创作和拍摄〈405谋杀案〉的一点体会》，在这篇文章中，导演对《405谋杀案》一片定义为"惊险片"，但实际上他也明确地表示出自己想要拍摄的是"一部反映刑事案件的影片"[3]，并

---

[1] 羽山：《对惊险片的一些探索》，载《电影艺术》1979年第2期。

[2] 中国电影家协会、广播电影电视部电影事业管理局编纂：《中国电影年鉴1989》，中国电影出版社1991年版。该年鉴收录的《1988：电影市场备忘录》一文在分析80年代初中国电影市场时指出，《405谋杀案》是当年上座率第二的影片。

[3] 沈耀庭：《惊险片也要努力塑造人物——创作和拍摄〈405谋杀案〉的一点体会》，载《电影新作》1980年第2期。

尝试通过深耕隐匿于案件背后的社会现实问题，达到发人深省的目的。进入 80 年代中期，相关影片的繁盛带来了新一波的讨论热潮，理论水平有了很大提高。1985 年，《电影艺术》杂志第 3 期集中发表了一批来源于"惊险样式影片研讨会"的专题文章，在稍后的第 4、5、6、8 期也相继有关于惊险片研究的文章发表，其中有不少文章涉及了对刑侦题材影片的探讨，如夏虹在其撰写的《努力提高惊险影片的创作质量》一文中回顾了惊险片题材的变化历史，指出由于样式上的特点，惊险片往往"取材于公检法打击刑事犯罪和经济犯罪、防间反特这样一些领域"[①]，在新中国成立初期主要以反特片为主，"文化大革命"后期以反间谍片居多，"文化大革命"之后主要是以"十年浩劫"为背景的影片。由此可见，我国的惊险片创作是随着政治、经济、文化形势的发展而不断变化的，具有鲜明的阶段性特征，呈现着无意识的时代症候。而伴随着改革开放的日益深入，我国犯罪率的大幅增长，"近两年来则以反映刑事、走私案件的影片居多"[②]。吴政新发表的《观众心目中的惊险影片》一文，为寻找繁荣惊险片创作的途径，以电影观众问卷调查为依托，对观众审美心理的现状和变化趋势展开研究，并最终得出结论，刑事侦破题材是观众们最为喜爱的惊险片题材，这是由于"现实生活中的人们，在欣赏艺术作品时审美心理的共性，即焦点总是首先集中于与自身关系最为密切的社会问题上"[③]，而凶杀、偷盗、强奸、走私等刑事案件所涉及的生活领域、揭示的社会问题，正是和观众们的日常生活息息相关的。同样立足于审美心理分析，但却与吴政新持相反态度的，则有周忠厚的文章《从审美心理看惊险影片为什么受欢迎》，该文指出侦破和推理等题材的惊险片之所以能够博得观众的兴趣，是因为这些内容并不是观众所常见的。同时，该文还指出，由于"影片在表现侦破时，通过推理，剥笋式地最后暴露真凶。这种推理

---

① 夏虹：《努力提高惊险影片的创作质量——记"惊险样式影片研讨会"》，载《电影艺术》1985 年第 3 期。

② 夏虹：《努力提高惊险影片的创作质量——记"惊险样式影片研讨会"》，载《电影艺术》1985 年第 3 期。

③ 吴政新：《观众心目中的惊险影片——惊险影片观众调查分析》，载《电影艺术》1985 年第 3 期。

是形象的,这种形象的推理又是符合逻辑规律的"①,最能满足观众的好奇心、求知欲,使其获得审美理性满足,这也是观众喜爱侦破推理题材惊险片的原因之一。羽山发表的《惊险样式探索二题》一文,从"人物命运和悬念"及"社会意义和创新"两个角度出发,分析了当时惊险影片创作面临的重要问题:就"人物命运和悬念"来看,作者对比了两部外国推理破案影片,指出我国侦破作品当前面临的最大病患乃是千篇一律的罪犯,加之侦破过程和侦查员形象的公式化;从"社会意义和创新"层面来解读,作者认为社会上的刑事犯罪正在随着政治气候和经济形势的变化而变化,但反映刑事犯罪的作品却没有及时拓上时代的烙印,就更谈不上挖掘深刻社会意义了。②陈玉通在其文章《惊险片创作应追求审美价值》中则谨慎提出,在创作过程中不能完全按照外国侦探片、推理片的模式依样画葫芦,不顾我国的政治体制特点、民族特点、时代特点,否则将会出现假、窄、浅的畸形化问题。③不难看出,这一阶段的刑侦题材电影研究,正在逐渐扭转早期电影批评独尊政治意识形态话语的惯性,尝试回归电影艺术本真的审美批评,理论上的着力点也在于如何挣脱"十七年"革命文艺的审美樊篱,从而开拓更广阔的创作空间,突破新的美学高度。

二、独立的刑侦题材电影研究

20世纪80年代末,随着改革开放的日益深入,可供观众选择的国内外娱乐影片愈发多样,反特片逐渐开始失去其在产量和质量上的优势,自此,其在观众心中的地位也逐渐倒退。且就反特片本身的定义而言,它深刻蕴含着特定历史时期的价值规范,这一概念的失落,实际上折射出了某种政治倾向和价值观念的转变。同时,社会在大踏步前进中所产生的剧烈

---

① 周忠厚:《从审美心理看惊险影片为什么受欢迎?》,载《电影艺术》1985年第5期。
② 羽山:《惊险样式探索二题》,载《电影艺术》1985年第4期。
③ 陈玉通:《惊险片创作应追求审美价值——惊险电影的艺术特性及其畸形化问题》,载《电影艺术》1985年第8期。

震颤,也使得那些原本附属于惊险片风格样式下的影片题材逐渐脱离出来,甚至形成了独特的类型特征。例如,伴随着社会刑事案件数量的有增无减,刑侦战线上的英模人物大量涌现,加之观众寻求感官与心理双重刺激的社会审美心理需求,电影创作领域内以侦破各种扑朔迷离案件为主要表现内容的刑侦题材影片空前火爆,甚至在 80 年代末期摆脱了惊险片的束缚,成为一种独立存在的题材类型。

80 年代末期,很多研究刑侦题材电影的文本都出现了一种倾向,即作者尝试用单个的概念——"侦破片"来指称研究所涉及的影片,而将"惊险片""反特片"视为另外的、在题材内容和表达习惯上都与"侦破片"有所不同的、稳定静止的、而非在历史中发展的影片类型。1985—1989 年间《电影评介》上曾发表过一系列评论、解读"侦破片"的文章,参与者除了电影从业者、编辑和学者外,还有更多的普通群众,诸如江苏观众汤景祥在《侦破片流弊漫谈》一文中,对当时侦破片创作中出现过的、令人担忧的情节虚假、场景奢华、镜头庸俗、模仿过甚等问题给予了批判①;邱正泉绘制的《侦破片制作"工艺流程"》示意图②及薛立汉的《套路(打油诗)——观某些侦破片有感》③ 等则总结并嘲讽了侦破片初步形成的相似叙事手法和模仿复制痕迹。益华、吕岱的文章《半是欣喜半是忧——1985 年法制题材影片回顾》同样指出,脸谱化的积病使侦破片难以激起观众的欣赏热情,对侦破片特殊规律缺乏全面认真的研究,也是造成侦破片疲软的关键性因素之一。④ 除此之外,还有《为侦破片闯新路——达式彪谈〈本案没有结束〉》⑤《侦破片的新探索——〈白雾街凶

---

① 汤景祥:《侦破片流弊漫谈》,载《电影评介》1988 年第 10 期。
② 邱正泉:《侦破片制作"工艺流程"》,载《电影评介》1985 年第 6 期。
③ 薛立汉:《套路(打油诗)——观某些侦破片有感》,载《电影评介》1985 年第 8 期。
④ 益华、吕岱:《半是欣喜半是忧——1985 年法制题材影片回顾》,载《电影评介》1986 年第 8 期。
⑤ 但成彪:《为侦破片闯新路——达式彪谈〈本案没有结束〉》,载《电影评介》1986 年第 3 期。

杀案〉》①《可贵的和不足的——看影片〈超国界行动〉》②《不该如此无能——作为侦破片的〈艾滋病患者〉》③ 等针对影片个案展开艺术分析的文章。这些批评研讨类文章，若以今天的标准来评判，并不能算作严谨的学术成果。但在80年代，这些文章的写作目的显然也不是要对"侦破片"作理论上的剖析，仅从标题上便可以解读出，当时参与讨论的写作者们想要积极介入这类影片实际创作实践的冲动。

从20世纪90年代末到今天，刑侦题材电影作品的繁荣不仅是一个重要的文化问题，也是重要的社会问题。当代中国正处于伟大的历史变革时期，全社会都在热切盼望法制建设的大力推进，而刑侦题材电影的叙事主题通常是与整个社会的文化主题紧密相连的，观众在观看影片的活动中，除了存在艺术欣赏过程外，还存在着一个文化确认和理想寄寓的过程。因而，一大批关注国家安全、社会稳定、人民安定且紧扣时代脉搏的刑侦题材电影作品便应运而生了，同时也带动了人们研究这些影片的积极性。大量研究刑侦题材电影的文献被公开发表，出版于数量繁多的纸质媒介和数字网络媒介上。不同于50年代的政治意识形态批评，不同于"文化大革命"结束后70年代对艺术审美批评的回归和对广阔创作空间的渴望，也不同于80年代末期对创作实践的积极指导，本阶段的刑侦题材研究是以审美批评为核心的多角度、多理论的批评。通过仔细梳理，大致可分为以下几种不同的角度。

一是类型研究。部分研究者将刑侦片视为拥有相对稳定的、可辨识的惯例体系和符号系统，且能够进行规模化可复制生产的类型影片。如贾磊磊在其1999年发表于《电影艺术》杂志上的文章《风行水上　激动波涛——中国类型影片（1977—1997）述评》中将类型影片定义为"电影

---

① 遂子：《侦破片的新探索——〈白雾街凶杀案〉》，载《电影评介》1986年第2期。
② 边国立：《可贵的和不足的——看影片〈超国界行动〉》，载《电影评介》1987年第7期。
③ 刘文成：《不该如此无能——作为侦破片的〈艾滋病患者〉》，载《电影评介》1989年第9期。

商品化的产物"①，其中包含着刑侦破案、缉毒、寻宝等一系列题材的刑侦类型片，是1977年以来最先出现且产量最大的类型影片，但尽管连年高产，刑侦类型片却仍然没有能够形成经典化的表述形态，未能出现开宗立派的作品。② 王润静的硕士论文《"文革"后大陆刑侦电影类型叙事研究：1977—1990》则选择在经典叙事学的指导下，对"文化大革命"后（确切地说是1977—1990年间）的大陆刑侦电影类型作了人物形象谱系和叙事机制两方面的研究，作者发现在人物谱系上，"文化大革命"后刑侦电影中的人物可以按照其在叙事中承担的职能与身份，分为侦探、犯罪者和涉案人三类，且都有着典型化的形象特质；在叙事机制上，"文化大革命"后的部分刑侦电影在传统三幕式的基础上进行了四幕式的尝试，加强了叙事的曲折性。③ 付湛元与冯乐群的文章《2014年以来刑侦电影分析》从警察形象的多元化和复杂化、"情"与"性"的深层表达、存在追问与现实表达等角度，对2014年以来我国几部取得高票房、好口碑的刑侦类型电影进行了剖析，归纳其美学特征，并据此分析出驱使刑侦类商业电影高速发展的根本原因。④ 除单篇论文外，本时期还有相关专著的出版。2015年，由中国社会科学出版社出版的《中国当代公安题材电影研究》，是一部以中国公安题材电影作品和创作现象为研究对象的专著，其间作者从类型片的角度切入和探讨了侦破电影的强情节性。⑤

二是市场角度。21世纪以来，随着国家经济向市场经济的转轨，我国社会的商品观念日渐盛行，而刑侦题材影片能够得到长足发展的因素之一便是市场经济的推动。随着票房成绩和社会影响力的不断提高，有不少

---

① 贾磊磊：《风行水上 激动波涛——中国类型影片（1977—1997）述评》，载《电影艺术》1999年第2期。
② 贾磊磊：《风行水上 激动波涛——中国类型影片（1977—1997）述评》，载《电影艺术》1999年第2期。
③ 王润静：《"文革"后大陆刑侦电影类型叙事研究：1977—1990》，西南大学2016年硕士学位论文。
④ 付湛元、冯乐群：《2014年以来刑侦电影分析》，载《文教资料》2019年第11期。
⑤ 宋强：《中国当代公安题材电影研究》，中国社会科学出版社2015年版，第75-85页。

论者也开始从市场的角度来关注刑侦题材电影的生产、发行和消费环节。例如，张剑鸣在其论文《中国商业电影的市场化历程与类型分析》中提及了"刑侦破案片是在市场营销观念影响下，新时期复兴较早的商业电影"①，由于这类影片大多带有主旋律色彩，且情节紧张又扑朔迷离，再配合上激烈的外部动作与惊险刺激的打斗场面，因而能够持续多年占据特定的票房份额，市场潜力巨大。②孔泽鸣在撰写《电影营销事件与我国电影票房间的关系研究——基于当下我国刑侦题材电影》一文的过程中，"收集了2010年1月1日至2018年12月31日间，具有完整数据的刑侦题材电影35部"③，设其票房为因变量，制作团队影响力、电影自身特性、电影宣发手段、受众评价等因素为自变量，通过建构模型对它们之间的关系展开定量分析，并最终得出电影营销是对刑侦题材电影票房影响最为显著的因素。④

三是社会作用分析。以刑事案件侦破为主要内容的刑侦电影，常取材于社会上曾经发生过的案件，努力为观众呈现出一种社会生活的"多元角度"，并试图从中揭示出滋生这种罪恶现象的社会根基与文化土壤。然而，从相反的角度来看，刑侦题材影片为了编织出暗藏迷局、悬念丛生而又引人入胜的情节，为了刻画出深入人心的人物形象，在结构影片的过程中，不可避免地要对犯罪现场、犯罪行为及侦查过程有所展示。但若这些内容被不加限制地任意呈现，则将会给社会造成严重的危害，包括性和暴力犯罪等。部分研究者也注意到了这个问题，如山东莱阳市广播电视局的从业人员盖永来曾在《电视研究》中发表短文《刑侦片不要成为教唆犯》，指出由于部分刑侦题材的影视剧刻意描绘犯罪分子每次作案前的准

---

① 张剑鸣：《中国商业电影的市场化历程与类型分析》，吉林大学2013年博士学位论文。

② 张剑鸣：《中国商业电影的市场化历程与类型分析》，吉林大学2013年博士学位论文。

③ 孔泽鸣：《电影营销事件与我国电影票房间的关系研究——基于当下我国刑侦题材电影》，载《文艺争鸣》2020年第3期。

④ 孔泽鸣：《电影营销事件与我国电影票房间的关系研究——基于当下我国刑侦题材电影》，载《文艺争鸣》2020年第3期。

备和警方分析案情、侦破案件所采取的刑侦手段，导致"最近传媒报道各地发生的袭警、爆炸及银行劫案。案犯的作案手段如早些时候电视里播放的刑侦片一样，甚至就是某些刑侦片的翻版。"① 创作者们如此详尽地刻画，实在令人感到遗憾和忧虑。当然，更多的研究者还是从积极的角度评析了刑侦影片的社会意义，比如宣宁 2011 年发表于《四川戏剧》的文章《战斗的现实主义·娱乐片·地域色彩——峨眉电影制片厂故事片创作三题》，就关注到"刑侦片"是峨影创作者们展开成规模创作的类型片之一，而这些刑侦片也因其对各种奸嫚现象的真实折射，具有了积极的社会意义。② 新华网 2017 年 12 月 16 日发表的文章《刑侦题材影视剧再度走红的原因》，也从社会教育的角度对于近年来刑侦题材影视剧的转变做出了高度评价。文章指出，近两年来的刑侦题材影视作品已经相继摆脱了"暴力美学"信徒的身份，枪战、追车、肉搏等强动作性情节不再是其招揽观众的唯一手段，以"公平、正义"为精神内核的情节布局和多元化的叙事技巧才是其能够持续吸引观众注意力的法宝。而这些跌宕起伏、百折千回的情节设计，在为观看者提供视觉、精神享受的同时，更起到了寓教于乐、潜移默化的宣传和教育作用，符合社会主流文化的需求。③

结　语

　　由上述刑侦题材电影的研究状况和文献综述来看，学界对国内刑侦题材影片的研究具有以下几个特点。一是注重对已经形成社会热点的电影文本或现象进行及时评论。因此，不同历史时期的研究间也呈现出相对独立和封闭的状态，如 20 世纪 50 年代对影片《徐秋影案件》的评论、80 年代对《405 谋杀案》的评论及 21 世纪以来对《白日焰火》《心迷宫》《暴雪将至》《暴裂无声》等影片的评论。二是注重类型研究。在中华人民共和国成立后的很长一段时间内，刑侦电影都是被纳入"反特片"或"惊

---

① 盖永来：《刑侦片不要成为教唆犯》，载《电视研究》2001 年第 5 期。
② 宣宁：《战斗的现实主义·娱乐片·地域色彩——峨眉电影制片厂故事片创作三题》，载《四川戏剧》2011 年第 6 期。
③ 《刑侦题材影视剧再度走红的原因》，载《中国广播电视学刊》2017 年第 12 期。

险片"类型下进行研究的,到了 80 年代末期,随着"惊险片""反特片"与"刑侦(侦破)片"三者所指涉的电影,在题材内容和表达习惯上都出现了分化,"刑侦(侦破)片"开始被视为一种独立存在的影片类型,逐渐活跃于历史舞台之上。三是仍存在着许多研究上的空白。譬如,对国内刑侦题材影片的研究通常仅停留在几个重要的文本上,并未完全铺开;再如,尽管国内刑侦电影存在着一条清晰的历史发展脉络,但却无人对其进行梳理。这些特点就给深入研究刑侦题材电影留下了广阔的空间。